CALVINO
El sendero de los nidos de araña
NADA
Carmen Laforet
Los amores difíciles
CAMILO JOSÉ CELA
Viaje
PATRICIA HIGHSMITH
A pleno sol
LAS SOMBRAS RECOBRADAS
Gonzalo Torrente Ballester
MIGUEL DELIBES
PATRICIA HIGHSMITH
Tras los pasos de Ripley
Guerra del tiempo
ENTRE VISILLOS
Carmen
LOLITA
Vladimir Nabokov
GRAHAM GREENE
El americano impasible
CAMILO JOSÉ CELA
Pabellón de reposo
EL PERFUME
PRIMAVE
CON UNA ESQUINA ROTA
Mario Benedetti
VARGAS LLO
Pantaleón y las visitadoras
LA HOGUERA DE LAS VANIDADES
Tom Wolfe
LAMARÉ
RNES
Almudena Grandes
WILT
Tom Sh
GREENE
El agente

ITALO CALVINO nació en 1923, en un suburbio de La Habana (Cuba), y murió en 1985 en Siena (Italia). Su padre era agrónomo y su madre había sido ayudante de botánica en la Universidad de Pavía. Tras el regreso de sus padres a Italia, inició estudios de agronomía, pero los abandonó rápidamente. Durante la Segunda Guerra Mundial participó en la Resistencia y siempre se mantuvo próximo a la ideología de izquierdas (hasta 1956 militó en el Partido Comunista). En 1947 publicó su primera novela, *El sendero de los nidos de araña*, a la que siguieron *El vizconde demediado*, *El barón rampante y El caballero inexistente*, junto a libros de relatos como *Los amores difíciles* y *Bajo el sol jaguar*. Sus últimas obras destacables fueron *Las ciudades invisibles* y *Si una noche de invierno un viajero*.

ITALO CALVINO

El sendero de los nidos de araña

NARRATIVA ACTUAL

RBA

Título original: *Il sentiero dei nidi di ragno*
Tradución: Aurora Bernárdez

Pérez Galdós, 36 bis, 08012 Barcelona

Proyecto gráfico y diseño de la cubierta: Enric Satué
Ilustración cubierta: Agustí Carné

ISBN: 84-473-0074-9
Depósito Legal: B. 559-1994
Impresión y encuadernación:
CAYFOSA. Ctra. de Caldes, km 3.
Sta. Perpètua de Mogoda (Barcelona)

Impreso en España – Printed in Spain – Diciembre 1994

A Kim y a todos los otros

Prefacio del autor para la edición italiana de 1964

Esta novela es la primera que escribí, casi puedo decir lo primero que escribí, si se exceptúan unos pocos cuentos. ¿Qué impresión me hace retomarla hoy? Más que como obra mía la leo como un libro nacido anónimamente del clima general de una época, de una tensión moral, de un gusto literario que era aquel en el que, terminada la segunda guerra mundial, se reconocía nuestra generación.

La explosión literaria de aquellos años en Italia fue, antes que un hecho de arte, un hecho fisiológico, existencial, colectivo. Habíamos vivido la guerra y los más jóvenes –que habíamos tenido tiempo de participar en la resistencia– no nos sentíamos aplastados, vencidos, «quemados» por ella, sino vencedores, impulsados por la carga propulsora de la batalla apenas concluida, depositarios exclusivos de un patrimonio hereditario. No era optimismo fácil, sin embargo, ni euforia gratuita; todo lo contrario: nos sentíamos depositarios de un sentido de la vida como de algo que puede volver a empezar desde cero, un desbarajuste general de la problemática, y también una capacidad nuestra de vivir el desgarramiento y la confusión, pero le poníamos el acento de una alegría arrogante. Muchas cosas nacieron de aquel clima, incluso el tono de mis primeros cuentos y de mi primera novela.

Hoy nos impresiona sobre todo esto: la voz anónima de la época, más fuerte que nuestras inflexiones individuales todavía inseguras. El haber salido de una experiencia —guerra, guerra civil— que no había perdonado a nadie establecía una inmediatez de comunicación entre el escritor y su público: nos encontrábamos cara a cara, cargados por igual de historias que contar; todos habíamos tenido la nuestra, todos habíamos vivido vidas irregulares, dramáticas, de aventuras, nos arrebatábamos la palabra de la boca. Al principio, la renacida libertad de hablar fue para la gente furia de contar: en los trenes que volvían a circular, atestados de pasajeros y paquetes de harina y bidones de aceite, cada uno contaba a los desconocidos las vicisitudes que había atravesado, y lo mismo cada parroquiano en la mesa de las «cantinas populares», cada mujer en las colas de las tiendas; la grisalla de la vida cotidiana parecía algo de otros tiempos; nos movíamos en un multicolor universo de historia.

Quien comenzaba entonces a escribir se encontraba, pues, tratando la misma materia que el narrador oral anónimo: a las historias que habíamos vivido personalmente o de las que habíamos sido espectadores, se añadían las que nos habían llegado ya como relatos, con una voz, una cadencia, una expresión mímica. Durante la guerra partisana las historias se transformaban apenas vividas y se transfiguraban en historias contadas por las noches en torno al fuego, iban adquiriendo un estilo, un lenguaje, un humor como de bravata, una búsqueda de efectos angustiosos o truculentos. Algunos de mis cuentos, algunas páginas de esta novela tienen en su origen esa tradición oral recién nacida en los hechos, en el lenguaje.

Y sin embargo, entonces el secreto de la manera de escribir no residía solamente en esa universalidad elemental de los contenidos, no estaba allí el resorte (tal vez el haber empezado este prefacio evocando un estado de ánimo colectivo, me hace olvidar que estoy hablando de un libro, cosa escrita, palabras alineadas en la página blanca); por el contrario, nunca estuvo tan claro que las historias que se contaban eran materia bruta: la carga explosiva de libertad que animaba al joven escritor no estaba tanto en su voluntad de documentar o informar, como en la de expresar. ¿Expresar qué? Expresarnos a nosotros mismos, expresar el sabor áspero de la vida que habíamos conocido poco antes, tantas cosas que creíamos saber o ser, y que tal vez sabíamos y éramos realmente en aquel momento. Personajes, paisajes, rumores políticos, expresiones jergales, palabrotas, lirismos, armas y abrazos no eran sino colores de la paleta, notas del pentagrama; sabíamos demasiado bien que lo que contaba era la música y no el libreto, jamás se vieron formalistas más empecinados que los englobadores que éramos, jamás líricos tan efusivos como los objetivistas que pasábamos por ser.

Para nosotros, los que empezábamos a partir de allí, el «neorrealismo» fue eso, y de sus cualidades y defectos es este libro un catálogo representativo, na-

yermas, allí donde empezaban los bosques de pinos, después los castaños, y así pasaba del mar —siempre visto desde arriba, una franja entre dos bastidores de verde— a los valles tortuosos de los Prealpes ligures.

Tenía un paisaje. Pero para poder representarlo era preciso que se volviera secundario con respecto a otra cosa: a gentes, a historias. La Resistencia representó la fusión entre paisaje y gentes. La novela que de otra manera no hubiera conseguido escribir jamás, aquí está. El escenario cotidiano de toda mi vida se había vuelto enteramente extraordinario y novelesco: una sola historia se desovillaba desde los oscuros soportales de la Ciudad Vieja hasta los bosques, en lo alto; era un perseguirse y esconderse de hombres armados; incluso lograba representar las villas, ahora que las había visto requisadas y transformadas en cuerpos de guardia y prisiones; también los campos de claveles, desde que se habían convertido en descampados, peligrosos de atravesar, evocadores de ráfagas de metralleta desgranándose en el aire. De esta posibilidad de situar historias humanas en los paisajes fue cómo el «neorrealismo»...

En esta novela (será mejor que retome el hilo; es todavía prematuro reiterar la apología del «neorrealismo»; corresponde más a nuestro estado de ánimo, aun hoy, analizar los motivos de separación) los signos de la época literaria se confunden con los de la juventud del autor. La exasperación de los temas de la violencia y el sexo termina por parecer ingenua (hoy que el paladar del lector está acostumbrado a engullir alimentos mucho más fuertes), y voluntaria (que estos fueron motivos exteriores y provisionales para el autor, lo prueba la continuación de su obra).

E igualmente ingenua y voluntaria puede parecer la manía de injertar la discusión ideológica en el relato, en un relato como éste, impostado en una clave totalmente distinta: de representación inmediata, objetiva, en cuanto al lenguaje y a las imágenes. Para satisfacer la necesidad del injerto ideológico, recurrí al expediente de concentrar las reflexiones teóricas en un capítulo que se separa del tono de los otros, el IX, el de las reflexiones del comisario Kim, casi un prefacio insertado en mitad de la novela. Expediente que todos mis primerísimos lectores criticaron, aconsejándome que suprimiera limpiamente el capítulo; yo, aun comprendiendo que perjudicaba al libro (en aquel tiempo la unidad estilística era uno de los pocos criterios seguros; todavía no se celebraban las mezclas de estilos y de lenguajes diversos que triunfan hoy), me mantuve firme: el libro había nacido así, con su lado compuesto y espurio.

El otro gran tema futuro de discusión crítica, el de lengua-dialecto, también está presente en su fase ingenua: dialecto agrumado en manchas de color (mientras que en las narraciones que escribiré después trataré de absorberlo todo en la lengua, como un plasma vital pero oculto); escritura desigual que unas veces se vuelve casi preciosa, otras corre espontáneamente, atenta sólo a la expresión inmediata: un repertorio documental (modos de decir populares, canciones) que llega casi al folklore...

Y además (continúo con el elenco de los signos

mantuviera al margen de la guerra partisana, de sus heroísmos y sus sacrificios, pero que al mismo tiempo transmitiera su color, su áspero sabor, su ritmo...

Esta novela es la primera que escribí. ¿Cómo haré para definirla, hoy, para examinarla de nuevo tantos años después? (Tengo que volver a empezar desde el principio. Me lancé en una dirección equivocada: terminé por demostrar que este libro había nacido de una argucia para huir del compromiso, cuando por el contrario...) Puedo definirlo como un ejemplo de «literatura comprometida», en el sentido más rico y pleno de la palabra. Hoy, en general, cuando se habla de «literatura comprometida» uno se hace una idea equivocada, como de una literatura que sirve para ilustrar una tesis ya definida a priori, independientemente de la expresión poética. En cambio, lo que se llamaba el *engagement*, el compromiso, puede irrumpir en todos los niveles; aquí quiere ser ante todo imágenes y palabra, empuje, tono, estilo, arrogancia, desafío.

En la elección del tema hay ya una ostentación que es casi una provocación. ¿Contra quién? Yo diría que quería combatir al mismo tiempo en dos frentes, lanzar un desafío a los detractores de la Resistencia y al mismo tiempo a los sacerdotes de una Resistencia hagiográfica y edulcorada.

Primer frente: a poco más de un año de la Liberación, la «respetabilidad bien pensante» estaba en pleno desquite y aprovechaba cualquier aspecto contingente de la época —los desvíos de la juventud posbélica, el recrudecimiento de la delincuencia, la dificultad de establecer una nueva legalidad— para exclamar: «Siempre lo hemos dicho, estos partisanos son todos iguales, que no nos vengan a hablar de Resistencia, ya sabemos qué clase de ideales...». En ese clima escribí mi libro, con el cual pretendía responder paradójicamente a los bien pensantes: «De acuerdo, haré como si vosotros tuvierais razón, no representaré a los mejores partisanos sino a los peores, pondré en el centro de mi novela un conjunto de tipos un poco retorcidos. Bueno, ¿y qué diferencia hay? Aun en quien se ha lanzado a la lucha sin un porqué claro, ha obrado un impulso elemental de redención humana, un impulso que los ha vuelto cien mil veces mejores que vosotros, que los ha convertido en fuerzas históricas activas que jamás podréis soñar con llegar a ser». El sentido de esta polémica, de este desafío, ya ha quedado lejos, y aun entonces, debo decir que el libro fue leído simplemente como novela, no como elemento de discusión acerca de un juicio histórico. Y sin embargo, si todavía se siente un airecillo picante de provocación, ese aire procede de la polémica de entonces.

De la doble polémica. Aunque la batalla en el segundo frente, el frente interno de la «cultura de izquierdas», ahora parezca lejana. En aquel momento empezaba apenas la tentativa de una «dirección política» de la actividad literaria: se pedía al escritor que creara al «héroe positivo», que diera imágenes normativas y pedagógicas de conducta social, de milicia revolucionaria. Empezaba, como he dicho, y debo añadir que tampoco después, en Italia, semejantes presiones tuvieron mucho peso y mucha continuidad. Y sin embargo, el peligro de que se asignara a la nueva literatura una función celebratoria y didascálica estaba en el aire: apenas lo advertí cuando escribí este libro y ya me erizaba, sacando las uñas contra la amenaza de una nueva retórica. (En aquel momento teníamos todavía intacta nuestra carga de anticonformismo, patrimonio bien difícil de conservar pero que –si bien sufrió algún eclipse parcial– todavía nos sostiene en esta época tanto más fácil, aunque no menos peligrosa...) Mi reacción de entonces podría enunciarse así: «Ah, sí, ¿queréis un "héroe socialista"? ¿Queréis el "romanticismo revolucionario"? Y yo os escribo una historia de partisanos en la que nadie es héroe, nadie tiene conciencia de clase. ¡El que os represento es el mundo de los "linyeras" o vagabundos, el *lumpen proletariat*! (Concepto nuevo para mí, en aquel momento, y me pareció un gran descubrimiento. No sabía que había sido y seguiría siendo el terreno más fácil de la narrativa.) ¡Y será la obra más positiva, más revolucionaria de todas! ¿Qué nos importa el que ya es un héroe, el que ya tiene conciencia? ¡Lo que hay que representar es el proceso para llegar a tenerla! ¡Mientras exista un solo individuo que no haya llegado a la conciencia, nuestro deber será ocuparnos de él y sólo de él!».

Así razonaba yo, y con esa furia polémica me lanzaba a escribir y descomponía los rasgos del rostro y del carácter de personas que había considerado queridísimos compañeros –con quienes había compartido durante meses y meses la escudilla de castañas y el riesgo de muerte, por cuya suerte había temblado, cuya despreocupación al verlos cortar los puentes que dejaban atrás, cuyo modo de vivir despojado de egoísmos había admirado— y los convertía en máscaras contraídas en muecas perpetuas, en caricaturas grotescas, acentuaba turbios claroscuros —los que en mi juvenil ingenuidad imaginaba turbios claroscuros— en sus historias... Para sentir después un remordimiento que me persiguió durante años...

Una vez más debo volver a empezar el prefacio desde el principio. No eran así las cosas. Por lo que llevo dicho, parecería que cuando escribí este libro, todo estaba bien claro en mi cabeza: los motivos de polémica, los adversarios que era preciso derrotar, la poética que había que sostener... En cambio, si bien todo esto existía, aún estaba en un estadio confuso y sin contornos. En realidad, el libro iba saliendo como por casualidad, me había puesto a escribir sin tener en la mente una trama precisa, había partido de ese personaje de pilluelo, es decir de un elemento de observación directa de la realidad, un modo de moverse, de hablar, de relacionarse con las personas mayores y, para darle un apoyo novelesco, inventé la historia de la hermana, de la pistola robada al alemán; después el acercamiento a los partisanos resultó un paso difícil, el salto del relato picaresco a la epopeya colectiva amenazaba con echarlo todo por tierra, tenía que inventar algo que me permitiera continuar y mantener toda la historia en el mismo nivel, e inventé el destacamento del Trucha.

El relato era el que —como sucede siempre— imponía soluciones casi obligadas. Pero a este esquema, a este diseño que se iba formando casi solo, yo trasvasaba mi experiencia todavía fresca, una multitud de voces y rostros (deformaba los rostros, destrozaba a las personas como hace siempre el que escribe, para quien la realidad se convierte en arcilla, instrumento, y sabe que sólo así puede escribir, y sin embargo siente remordimientos...), un río de discusiones y de lecturas que se entretejían con la experiencia.

Las lecturas y la experiencia de la vida no son dos universos sino uno. Para ser interpretada, cada experiencia de la vida pide auxilio a ciertas lecturas y se funde con ellas. Que los libros nacen siempre de otros libros es una verdad en contradicción sólo aparente con la otra: que los libros nacen de la vida práctica y de las relaciones entre los hombres. Apenas terminada nuestra acción partisana, encontramos (primero en fragmentos dispersos en revistas, después completa) una novela sobre la guerra de España que Hemingway había escrito seis o siete años antes. *Por quién doblan las campanas.* Fue el primer libro en el que nos reconocimos; a partir de allí empezamos a transformar en motivos narrativos y en frases lo que habíamos sentido y vivido, el destacamento de Pablo y de Pilar era «nuestro» destacamento. (Hoy quizá sea el libro de Hemingway que menos nos gusta; más aún, ya en aquellos tiempos fui descubriendo en otros libros del escritor norteamericano –sobre todo en sus primeros cuentos– su verdadera lección de estilo y Hemingway se convirtió en nuestro autor.)

La literatura que nos interesaba era la que transmitía ese sentido de humanidad bullente, de crueldad y de naturaleza: también a los rusos del tiempo de la guerra civil —esto es, antes de que la literatura soviética se volviera morigerada y oleográfica— los sentíamos contemporáneos nuestros. Sobre todo a Bábel, de quien conocíamos *Caballería roja*, traducido en Italia ya antes de la guerra, uno de los libros ejemplares del realismo de nuestro siglo, nacido de la relación entre el intelectual y la violencia revolucionaria.

Pero incluso —en menor nivel— Fadéiev (antes de convertirse en funcionario de la literatura soviética oficial) había escrito su primer libro, *La derrota*, con esa sinceridad y ese vigor (no recuerdo si ya lo había leído cuando escribí mi libro, y no voy a verificarlo, no es eso lo que importa, de situaciones similares nacen libros que se asemejan por su estructura y su espíritu) que él supo terminar bien, como había empezado, porque fue el único escritor estalinista que, en el 56, demostró haber entendido a fondo la tragedia de la que había sido corresponsable (la tragedia en la que Bábel y tantos otros verdaderos escritores de la Revolución habían perdido la vida), que no intentó recriminaciones hipócritas sino que extrajo la consecuencia más severa: un pistoletazo en la frente.

Esta literatura está detrás de *El sendero de los nidos de araña*. Pero en la juventud, cada libro nuevo que se lee es como un nuevo ojo que se abre y modifica la vista de los otros ojos o libros-ojos que teníamos antes, y en la nueva idea de literatura que me desvivía por realizar, revivían todos los universos literarios que me habían encantado desde la infancia y en adelante... De modo que al ponerme a escribir algo como *Por quién doblan las campanas* de Hemingway, quería escribir al mismo tiempo algo como *La isla del tesoro* de Stevenson.

Quien lo comprendió en seguida fue Cèsare Pavese, que adivinó a través del *Sendero* todas mis predilecciones literarias. Nombró también a Nievo, a quien yo había querido dedicar un secreto homenaje calcando el encuentro de Pin con Primo sobre el encuentro de Carlino con Rompehúmo en *Confesiones de un italiano.*

Pavese fue el primero que hablando de mí se refirió al tono de cuento popular, y yo, que hasta entonces no lo había advertido, a partir de aquel momento lo supe demasiado bien y traté de confirmar la definición. Mi historia empezaba a estar marcada, y ahora creo que está toda contenida en aquel comienzo.

Tal vez, en el fondo, el primer libro es el único que cuenta, tal vez habría que escribir ése y nada más, el gran tirón lo das sólo en ese momento, la ocasión de expresarte se presenta sólo una vez, el nudo que llevas dentro lo desatas esa vez o nunca más. Tal vez la poesía sólo es posible en un momento de la vida en que para los más coincide con la extrema juventud. Pasado ese momento, te hayas expresado o no (y no lo sabrás hasta después de cien, ciento cincuenta años; los contemporáneos no pueden ser buenos jueces), de allí en adelante la suerte está echada, te limitarás a hacerles el cuento a los otros o a ti mismo, nunca más conseguirás decir una palabra verdadera, insustituible...

Interrumpo. Todo discurso basado en una pura razón literaria, si es verdadero termina en ese descalabro, en ese fracaso que es siempre escribir. Por suerte escribir no es sólo un hecho literario sino también *otra cosa.* Una vez más, siento la necesidad de corregir el giro que ha tomado el prefacio.

Esa *otra cosa,* en mis preocupaciones de entonces, era una definición de lo que había sido la guerra partisana. Con un amigo y coetáneo mío, que hoy es médico y entonces era estudiante como yo, nos pasábamos las noches discutiendo. Para los dos, la Resistencia había sido la experiencia fundamental: para él de una manera mucho más comprometida porque había tenido que asumir responsabilidades serias, y con poco más de veinte años lo habían nombrado comisario de una división partisana, de la que yo también había formado parte como simple garibaldino. Entonces, a pocos meses de la Liberación, nos parecía que todos hablaban de la Resistencia de una manera equivocada, que se iba creando una retórica que escondía su verdadera esencia, su carácter primario. Me sería difícil reconstruir hoy aquellas discusiones; recuerdo sólo nuestra continua polémica contra todas las imágenes mitigadas, nuestra reducción de la conciencia partisana a un quid elemental, el que habíamos conocido en nuestros compañeros más simples y que se convertía en la clave de la historia presente y futura.

Mi amigo era un argumentador analítico, frío, sarcástico con todo lo que no fuera un hecho; el único personaje intelectual de este libro, el comisario Kim, quiso ser su retrato, y algo de nuestras discusiones de entonces, en la problemática del por qué combatían aquellos hombres sin uniforme ni bandera, debe de haber quedado en mis páginas, en los diálogos de Kim con el comandante de brigada y en sus soliloquios.

Estas discusiones eran el trasfondo del libro y más atrás todavía, todas mis reflexiones sobre la violencia, desde que me vi en situación de tomar las armas. Yo había sido, antes de juntarme con los partisanos, un joven burgués que siempre había vivido en familia; mi tranquilo antifascismo era ante todo oposición al culto de la fuerza guerrera, una cuestión de estilo, de *sense of humour,* y de pronto la coherencia con mis opiniones me llevaba al centro de la violencia partisana, a medirme con aquel patrón. Fue un trauma, el primero...

Y contemporáneamente, las reflexiones sobre el juicio moral de las personas y del sentido histórico de las acciones de cada uno de nosotros. Para muchos de mis coetáneos sólo el azar había decidido de qué lado había que combatir; para muchos, se invertían de pronto los bandos: de partidarios de la República se convertían en partisanos, o viceversa; de un lado o del otro disparaban o les disparaban; sólo la muerte daba a la elección un signo irrevocable. (Fue Pavese quien logró escribir: «Cada caído se asemeja al que sobrevive y le pide explicaciones», en las últimas páginas de *La casa en la colina,* acorralado entre el remordimiento por no haber combatido y el esfuerzo por ser sincero sobre las razones de su negativa.)

Ya está: he encontrado la manera de abordar el prefacio. Durante meses, después del final de la guerra, había intentado contar la experiencia partisana en primera persona, o con un protagonista que se me pareciera. Escribí algunos cuentos que publiqué, otros que arrojé a la papelera; me movía con incomodidad; nunca conseguía amortiguar del todo las vibraciones sentimentales y moralistas; siempre sonaba algo desafinado; mi historia personal me parecía humilde, mezquina; estaba lleno de complejos, de inhibiciones frente a todo lo que me era más entrañable.

Cuando empecé a escribir historias en las que yo no aparecía, todo empezó a funcionar: el lenguaje, el ritmo, la forma eran exactos, funcionales; cuanto más objetivo, más anónimo, más me satisfacía el relato; y no sólo a mí, sino que las personas del oficio a quienes lo daba a leer, a quienes había ido conociendo en aquellos primeros tiempos de la posguerra —Vittorini y Ferrata en Milán, Natalia* y Pavese en Turín—, no me hacían más observaciones. Empecé a comprender que cuanto más objetivo y anónimo el cuento, más mío era.

El don de escribir «objetivo» me parecía entonces la cosa más natural del mundo; nunca hubiera imaginado que lo perdería tan pronto. Cada historia se movía con perfecta seguridad en un mundo que conocía muy bien: era ésa mi experiencia, mi experiencia multiplicada por las experiencias de los otros. Y el sentido histórico, la moral, el sentimiento, estaban presentes justamente porque quedaban implícitos, ocultos.

* Natalia Guinzburg. *(N. de la T.)*

Cuando empecé a desarrollar un relato sobre el personaje del chiquillo partisano a quien había conocido en las bandas, no pensé que me ocuparía más espacio que los otros. ¿Por qué se transformó en una novela? Porque –lo comprendí después– la identificación entre el protagonista y yo se había vuelto más compleja. La relación entre el personaje del niño Pin y la guerra partisana correspondía simbólicamente a la relación que descubrí tener yo con la guerra partisana. La inferioridad de Pin como niño frente al mundo incomprensible de los mayores corresponde a la que sentía yo en la misma situación, como burgués. Y la despreocupación de Pin por obra de su tan alabada procedencia del mundo del hampa, que lo hace sentirse cómplice y casi superior a todos los «fuera de la ley», corresponde al modo intelectual de estar a la altura de la situación, de no maravillarse nunca, de defenderse de las emociones... Así que, dada esta clave de trasposiciones –pero fue sólo una clave a posteriori, lo aclaro, que me sirvió posteriormente para explicarme lo que había escrito–, la historia en la que se declaraba mi punto de vista personal volvía a ser *mi* historia.

Mi historia era la de una adolescencia demasiado prolongada para el joven que había tomado la guerra como una coartada, en sentido propio y en el figurado. Al cabo de unos pocos años, la *coartada* se había convertido de pronto en un *aquí y ahora.* Demasiado pronto para mí; o demasiado tarde: yo no estaba preparado para vivir los sueños soñados demasiado tiempo. Primero, el vuelco de la guerra extraña, la transformación de los seres oscuros y refractarios de ayer en héroes y jefes. Ahora, en la paz, el fervor de las nuevas energías que animaba todas las relaciones, que invadía todos los instrumentos de la vida pública, y he aquí que el lejano castillo de la literatura también se abría como un puerto cercano y amigo, pronto a acoger al joven provinciano con charangas y banderas. Y una carga amorosa electrizaba el aire, iluminaba los ojos de las muchachas que la guerra y la paz nos habían restituido y vuelto más próximas, convertidas ahora en verdaderas coetáneas y compañeras, en un entendimiento que era el nuevo regalo de aquellos primeros meses de paz, para llenar de diálogos y de risa las cálidas noches de una Italia resucitada.

Frente a todas las posibilidades que se abrían, yo no lograba ser lo que había soñado antes de la hora de la prueba: había sido el último de los partisanos; era un enamorado inseguro, insatisfecho e inhábil; la literatura no se me abría como un magisterio desenvuelto y distante, sino como un camino que no sabía por dónde iniciar. Lleno de voluntad y tensión juvenil, me era negada la gracia espontánea de la juventud. La maduración impetuosa de los tiempos no había hecho sino acentuar mi inmadurez.

El protagonista simbólico de mi libro fue pues una imagen de regresión: un niño. Para la mirada infantil y celosa de Pin, armas y mujeres resultaban lejanas e incomprensibles; lo que mi filosofía exaltaba, mi poética lo transfiguraba en apariciones enemigas, mi exceso de amor lo teñía de desesperación infernal.

Al escribir, mi necesidad estilística era mantenerme por debajo de los hechos, el italiano que me gustaba era el de los que «no hablan el italiano en casa», trataba de escribir como hubiera escrito un hipotético yo autodidacta.

El sendero de los nidos de araña nació de este sentimiento de carencia absoluta, a medias padecida hasta el desgarramiento, a medias supuesta y ostentada. El valor que hoy pueda reconocer a este libro está ahí: la imagen de una fuerza vital todavía oscura en la que se unen la indigencia del que es «demasiado joven» y la indigencia de los excluidos y los desheredados.

Si digo que hacíamos entonces literatura de nuestro estado de pobreza, no hablo tanto de un programa ideológico como de algo más profundo que moraba en cada uno de nosotros.

Hoy que escribir es una profesión regular, que la novela es un «producto», con su «mercado», su «oferta» y su «demanda», con sus campañas de lanzamiento y sus éxitos y rutinas; ahora que todas las novelas italianas son «de un buen nivel medio» y forman parte de la cantidad de bienes superfluos de una sociedad que se satisface demasiado pronto, es difícil recordar el espíritu con el que intentábamos comenzar una narrativa que aún debía construirlo todo con las propias manos.

Sigo usando el plural, pero ya he explicado que hablo de algo disperso, no convenido, que salía de diversos rincones de provincia sin razones comunes explícitas que no fueran parciales y provisionales. Fue, más que otra cosa —digamos—, una potencialidad difusa en el aire. Y que se apagó en seguida.

Ya en los años cincuenta el cuadro había cambiado, empezando por los maestros: Pavese muerto, Vittorini encerrado en un silencio de oposición, Moravia, que en un contexto diferente iba adquiriendo otro significado (no ya existencial sino naturalista), y la novela italiana tomaba su rumbo elegíaco-moderato-sociológico en el que todos terminamos por fabricarnos un lugar más o menos cómodo (o por encontrar nuestras escapatorias).

Pero hubo quienes continuaron el camino de aquella primera epopeya fragmentaria: en general los que conservaron esa fuerza fueron los más aislados, los menos «insertos». Y el más solitario de todos fue el que consiguió escribir la novela que todos habíamos soñado —cuando nadie se lo esperaba ya—, Beppe Fenoglio, que llegó a escribirla pero no a terminarla *(Una cuestión privada),* y murió antes de verla publicada, en plenos años cuarenta. El libro que nuestra generación quería escribir, ahora existe, y nuestro trabajo tiene una coronación y un sentido, y sólo ahora, gracias a Fenoglio, podemos decir que se ha cumplido una estación, sólo ahora estamos seguros de que verdaderamente existió: la estación que va de *El sendero de los nidos de araña* a *Una cuestión privada.*

Una cuestión privada (que ahora aparece en el volumen póstumo de Fenoglio *Un día de fuego*) está construida con la tensión geométrica de una novela de locura amorosa y de persecuciones de caballeros como el *Orlando furioso,* y al mismo tiempo la Resistencia está exactamente como era, desde dentro y desde fuera, verdadera como jamás se había escrito, conservada limpiamente durante tantos años por la memoria fiel, y con todos los valores morales, tanto más fuertes cuanto más implícitos, y la conmoción, y la furia. Y es un libro de paisajes, y es un libro de figuras rápidas y muy vivas, y es un libro de palabras precisas y verdaderas. Y es un libro absurdo, misterioso, en el que lo que se persigue, se persigue para perseguir otra cosa, y esa otra cosa para perseguir otra, y no se llega al verdadero porqué.

Al libro de Fenoglio querría hacerle un prefacio, no al mío.

Esta novela es la primera que escribí, casi lo primero que escribí. ¿Qué puedo decir de ella? Diré esto: el primer libro sería mejor no haberlo escrito nunca.

Mientras el primer libro no está escrito, uno posee esa libertad de empezar que sólo se puede usar una vez en la vida; el primer libro ya te define, mientras que tú en realidad todavía estás lejos de ser definido; y esa definición tendrás que arrastrarla toda la vida tratando de darle una confirmación o de ahondarla, o de corregirla o de desmentirla, pero sin poder prescindir de ella nunca más.

Y todavía más: para los que de jóvenes empezaron a escribir después de una de esas experiencias con «tanto que contar» (la guerra en éste y en muchos otros casos), el primer libro se convierte en seguida en un diafragma entre tú y la experiencia, corta los hilos que te atan a los hechos, quema el tesoro de la memoria, aquello que se hubiera convertido en un tesoro si hubieses tenido la paciencia de custodiarlo, si no hubieses tenido tanta prisa por gastarlo, por despilfarrarlo, por imponer una jerarquía arbitraria entre las imágenes que habías almacenado, por separar las privilegiadas, presuntas depositarias de una emoción poética, de las otras, las que parecían concernirte demasiado, o demasiado poco para poder representarlas; en resumen, de instituir por prepotencia otra memoria, una memoria transfigurada en lugar de la memoria global con sus confines difuminados, con su infinita capacidad de recuperaciones. La memoria no se recuperará jamás de la violencia a la que los has sometido escribiendo: las imágenes privilegiadas se quemarán por su precoz promoción a motivos literarios, mientras que las imágenes que has querido tener en reserva, quizá con la secreta intención de servirte de ellas en obras futuras, se deteriorarán por haber sido cercenadas de la integridad natural de la memoria fluida y viviente. La proyección literaria en la que todo es sólido se ha fijado de una vez por todas, ha ocupado ya el terreno, ha descolorido, ha aplastado la vegetación de los recuerdos en la que la vida del árbol y la de la brizna de hierba se condicionan mutuamente. He aquí que la memoria —o mejor la experiencia, que es la memoria más la herida que te ha dejado, más el cambio que ha operado en ti y que te ha hecho diferente—, la experiencia, primer alimento incluso de la obra literaria (pero no sólo de ella), riqueza verdadera del escritor (pero no sólo de él), apenas has dado forma a una obra literaria, se seca, se destruye. El escritor termina por ser el más pobre de los hombres.

Miro pues hacia atrás, miro la estación que se me presentó atestada de imágenes y de significados: la guerra partisana, los meses que contaron como años y de los cuales uno tendría que poder obtener durante toda la vida rostros y advertencias y paisajes y pensamientos y episodios y palabras y conmociones: todo es lejano y brumoso, y las páginas escritas ya polemizan con una memoria que era todavía un hecho presente, macizo, que parecía estable, dado de una vez por todas: la *experiencia*... y no me sirven, necesitaría todo lo demás, exactamente lo que no está. Un libro escrito no me consolará nunca de lo que he destruido al escribirlo: esa experiencia que, custodiada durante todos los años de mi vida, tal vez me hubiera servido para escribir el último libro, y que sólo me bastó para escribir el primero.

I. C.
Junio de 1964

1

Para llegar hasta el fondo del callejón, los rayos del sol tienen que bajar verticalmente, rasando las paredes frías, separadas por los arcos que cruzan una franja de cielo de color azul cargado.

Bajan derechos los rayos del sol, rozando las ventanas distribuidas al azar, las viejas ollas con plantas de albahaca y orégano en los antepechos, las combinaciones tendidas en las cuerdas, hasta las gradas de cantos rodados, con una cuneta en el medio para la orina de las mulas.

Basta un grito de Pin, el grito con que inicia una canción levantando la nariz, desde el umbral del taller, o el que lanza antes de que la mano de Pedroflaco, el remendón, caiga sobre su cabeza, para que de las ventanas nazca un eco de recriminaciones e insultos.

—¡Pin! ¡A esta hora ya empiezas a mortificarnos! Pin, a ver si nos cantas algo... Pin, pobrecito, ¿qué te hacen? ¡Pin, hocico de macaco, ojalá se te seque la voz en la garganta! ¡A ti y al ladrón de gallinas de tu amo! ¡A ti y al colchón de tu hermana!...

Pero Pin ya está en mitad del *carrugio*,* con las

* Carrugio: en las ciudades litorales del golfo de Génova, callejuela en gradas de los barrios pobres. *(N. de la T.)*

manos hundidas en los bolsillos de la chaqueta demasiado de hombre para él, y los mira uno por uno, sin reírse:

—A ver, Celestino, calla un poco. ¡Qué buen traje llevas! Dime, ese robo de paños en los Muelles Nuevos, eh, ¿todavía no se sabe quién fue? Bueno, no tiene nada que ver. Chao Carolina, menos mal que aquella vez. Sí, aquella vez menos mal que tu marido no miró debajo de la cama. Y tú, Pascá, me dijeron que ocurrió en tu pueblo. Sí, que Garibaldi os llevó jabón y tus paisanos se lo comieron. Comejabón, Pascá, joder, ¿sabéis cuánto cuesta el jabón?

Pin tiene una voz ronca de niño viejo: dice cada frase en voz baja, serio, y de pronto estalla en una carcajada en *i* que parece un silbido, y las pecas rojas y negras se le apretujan alrededor de los ojos como un vuelo de avispas.

Antes de burlarse de Pin hay que pensarlo dos veces: conoce todo lo que pasa en el *carrugio* y nunca se sabe con qué va a salir. De la mañana a la noche desgañitándose con canciones y gritos, mientras en el taller de Pedroflaco la montaña de zapatos rotos está por sepultar el banco de zapatero y desbordar hasta la calle.

—¡Pin! ¡Macaco! ¡Hocico sucio! —le grita alguna mujer—. ¡Si me remendaras las chancletas en vez de estar ahí mortificándonos todo el día! Hace un mes que las tenéis en el montón. ¡Ya se lo diré a tu amo, cuando lo suelten!

Pedroflaco se pasa la mitad del año en la cárcel porque ha nacido desgraciado y cuando hay un robo en los alrededores acaban siempre por encerrarlo a él. Vuelve y ve la montaña de zapatos rotos y el taller abierto, sin nadie. Entonces se sienta delante de su banco, coge un zapato, le da una vuelta, le da otra, vuelve a arrojarlo al montón; después se toma la cara peluda entre las manos huesudas y maldice. Pin llega silbando, todavía no sabe nada: y ahí se encuentra delante de Pedroflaco con las manos levantadas en el aire y las pupilas bordeadas de amarillo y la cara negra de barba incipiente como pelo de perro. Grita, pero Pedroflaco ya lo tiene cogido del cabello y no lo suelta; cuando se cansa de pegarle lo deja en el taller y se va a la taberna. Ese día nadie vuelve a verlo.

Por la noche, cada dos días, a casa de la hermana de Pin va el marinero alemán. Pin espera a que suba por el *carrugio* para pedirle un cigarrillo; los primeros tiempos era generoso y le regalaba hasta tres, cuatro a la vez. Burlarse del marinero alemán es fácil porque no entiende y mira con esa cara cuajada, sin contornos, afeitada hasta las sienes. Cuando se marcha, le puedes hacer bromas por detrás, seguro de que no se volverá; es ridículo visto de espaldas, con las dos cintas negras que le bajan de la gorra marinera hasta el trasero descubierto por la chaqueta corta, un trasero carnoso, de mujer, con una gran pistola alemana.

—Rufián... Rufián... —le dicen a Pin desde las ventanas, en voz baja, porque con esa gente es mejor no bromear.

—Cornudos... Cornudos —responde Pin remedándolos y llenándose de humo la garganta y la nariz, humo todavía áspero y acre para su garganta de niño, pero que hay que tragar, no se sabe bien por qué, hasta que le lagrimean los ojos y tose con rabia. Después, con el cigarrillo en la boca, ir a la taberna y decir—: Joder, al que me pague un trago le cuento algo que me va a dar las gracias.

En la taberna están siempre los mismos, todo el día, desde hace años, acodados en las mesas, los mentones sobre los puños, mirando las moscas en el hule y la sombra violeta en el fondo de los vasos.

—¿Qué hay? —dice Mishel el Francés. —¿Tu hermana ha bajado los precios?

Los otros se ríen y dan puñetazos en el zinc:

—¡Esta vez te la dieron, Pin!

Pin los mira de arriba abajo a través de la greña del flequillo que le come la frente.

—Joder, lo que yo pensaba. Fijaos, siempre pensando en mi hermana. Como digo, no hace más que pensar en ella: está enamorado. Enamorado de mi hermana, qué valor...

Los otros se ríen a carcajadas y le dan manotazos y le sirven un vaso. A Pin el vino no le gusta: es áspero en la garganta y eriza la piel y te mete ganas de reír, de gritar y de ser malo. Pero lo bebe igual, vacía los vasos de un tirón, como traga el humo, como de noche espía con asco a su hermana con los hombres desnudos, y verla es como una caricia áspera debajo de la piel, un gusto acre como todas las cosas de los hombres: humo, vino, mujeres.

—Canta, Pin —le dicen. Pin canta bien, serio, sacando pecho, con su voz de niño ronco. Canta *Le quatro stagioni*—:

Ma quando penso all'avenir
della mia libertà perduta
vorrei baciarla e poi morir
*mentre lei dorme... all'insaputa...**

Los hombres escuchan en silencio, con los ojos bajos, como si fuera un himno de iglesia. Todos han estado en la cárcel: el que nunca ha estado en la cárcel no es un hombre. Y la vieja canción de galeotes está llena de ese desánimo que se mete en los huesos por las noches, en la cárcel, cuando los guardianes pasan raspando las rejas con una barra de hierro, y poco a poco todas las peleas, las blasfemias se calman y sólo queda una voz que canta esa canción, como ahora Pin, y nadie le grita que se calle.

Amo la notte ascoltar
il grido della sentinella.
Amo la luna al suo passar
*quando illumina la mia cella.***

Pin nunca ha estado en la cárcel: la vez que quisieron llevarlo al reformatorio, se escapó. De vez en cuando lo pillan los guardias municipales, por alguna correría en los galpones del mercado de verduras, pero él vuelve loco a todo el cuerpo de guardia con sus chillidos y su llanto hasta que lo sueltan. Pero en el calabozo de la comisaría sí ha estado un

* Pero si pienso en el futuro / de mi libertad perdida / quisiera besarla y después morir / mientras duerme ella... sin saberlo.

** Me gusta escuchar de noche / el grito del centinela / y ver pasar la luna / cuando ilumina mi celda.

poco, y sabe lo que quiere decir, y por eso canta bien, con sentimiento.

Pin sabe todas esas viejas canciones que los hombres de la taberna le han enseñado, canciones que cuentan hechos de sangre; la que dice: *Torna Caserio...* y la de Peppino que mata al teniente. Después, de pronto, cuando todos están tristes y miran el violeta de los vasos y carraspean, Pin hace una pirueta en medio del humo y entona a grito pelado:

—Y le toqué los cabellos / y ella dijo que ésos no / más abajo son más bellos / amor mío si me quieres / más abajo has de tocar.

Entonces los hombres dan puñetazos en el zinc y la camarera pone a salvo los vasos, y gritan «jiuuu» y baten el ritmo con las manos. Y las mujeres que están en la taberna, viejas borrachonas de cara colorada como la Bersagliera, se zangolotean insinuando un paso de danza. Y Pin, con la sangre que se le ha subido a la cabeza y una rabia que le hace apretar los dientes, se desgañita hasta dejar el alma:

—Y toqué su naricita / y ella dijo gran cretino / más abajo hay un jardín...

Y todos los demás, batiendo el ritmo con las manos para la Bersagliera que se zangolotea, cantan a coro:

—Amor mío si me quieres / más abajo has de tocar.

Ese día el marinero alemán subía de mal humor. A Hamburgo, su ciudad, se la iban comiendo día tras día las bombas, y él esperaba día tras día noticias de su mujer, de sus niños. Tenía un temperamento afectivo el alemán, un temperamento de meridional trasplantado en un hombre del mar del Norte. Había llenado su casa de hijos y ahora, alejado por la guerra, trataba de desahogar su carga de calor humano encariñándose con prostitutas de los países ocupados.

—Nada de cigarrillos tener —le dice a Pin que ha salido a su encuentro para darle el *gutentag.* Pin empieza a mirarlo de costado.

—Bien, camarada, también hoy por estos lados, la nostalgia, ¿eh?

Ahora es el alemán el que mira de reojo a Pin; no entiende.

—¿Vienes a ver a mi hermana, por casualidad? —pregunta Pin, como al descuido.

Y el alemán:

—¿Hermana no estar en casa?

—Pero cómo, ¿no lo sabes? —Pin pone una cara falsa, parece educado por los curas—. ¡No sabes que la han llevado al hospital, pobrecita! Una enfermedad mala, pero parece que ahora se cura, si la toman a tiempo. Claro que la tenía desde hace un rato... ¡En el hospital, imagínate, pobrecita!

La cara del alemán parece leche cuajada: tartamudea y suda:

—¿Hospital? ¿Enfermedad? —Por una ventana del entrepiso sc asoma el busto de una muchacha de cara de caballo y pelo de negra.

—No le hagas caso, Frick, no le hagas caso a ese sinvergüenza —grita—. ¡Esta me la vas a pagar, hocico de macaco, serás mi ruina! ¡Sube, Frick, no le hagas caso que bromeaba, el diablo se lo lleve!

Pin le hace una mueca de burla.

—¡Sudaste frío, camarada! —le dice al alemán y se escabulle por un callejón.

A veces hacer una broma pesada deja un gusto amargo, y Pin se encuentra solo, deambulando por las callejuelas, y todos le gritan insultos y lo rechazan. Uno tendría ganas de estar con una pandilla de amigos, en esos momentos, para explicarles el lugar donde hacen su nido las arañas, o para librar batallas de cañas, en el zanjón. Pero los chicos no lo quieren a Pin: es amigo de los grandes, Pin, sabe decir a los grandes cosas que los hacen reír y enfadarse, no como ellos que no entienden nada cuando los grandes hablan. Pin a veces quisiera meterse con chicos de su edad, pedirles que lo dejen jugar a cara o cruz, y que le expliquen la entrada de un túnel que llega hasta la plaza del Mercado. Pero los chicos lo dejan de lado, y algunas veces le pegan; porque Pin tiene unos bracitos flacos y es el más débil de todos. A veces van a ver a Pin para pedirle que les explique las cosas que suceden entre las mujeres y los hombres; pero Pin empieza a burlarse de ellos gritando por el callejón y las madres llaman a sus hijos:

—¡Costanzo! ¡Giacomino! ¡Cuántas veces te he dicho que no debes andar con ese chico tan malcriado!

Las madres tienen razón: Pin no sabe contar más que historias de hombres y mujeres en la cama y de hombres asesinados o presos, historias que le han enseñado los grandes, especies de cuentos que los grandes se cuentan entre ellos y que sería bueno escuchar si Pin no intercalase chistes y cosas que no se entienden, que hay que adivinar.

Y a Pin no le queda sino refugiarse en el mundo de los grandes, de los grandes que también le dan la espalda, de los grandes que también son incomprensibles y distantes para él como para los otros chicos, pero que es más fácil tomar en solfa, con ese deseo de mujeres y ese miedo de los carabineros, hasta que se cansan y empiezan a tirarle de las orejas.

Ahora Pin entrará en la taberna llena de humo y violácea, y les dirá a esos hombres cosas obscenas, insultos jamás oídos, hasta que se enfurezcan y le peguen, y cantará canciones conmovedoras, emocionándose hasta llorar y hacerlos llorar, e inventará bromas y muecas nuevas para morirse de risa, todo para disipar la niebla de soledad que se le condensa en el pecho en tardes como ésa.

Pero en la taberna los hombres son un muro de espaldas que no se abre para él; y hay un hombre nuevo en el medio, muy flaco y serio. Los hombres miran de reojo a Pin cuando entra, después miran al desconocido y le dicen unas palabras. Pin ve que el viento ha cambiado; razón de más para acercarse con las manos en los bolsillos y decir:

–Joder, la cara que puso el alemán, tendríais que haber visto.

Los hombres no contestan con las salidas de siempre. Se vuelven despacio, uno por uno. Mishel el Francés primero lo mira de costado como si nunca lo hubiera visto, después dice, lento:

–Eres un rufián asqueroso.

El vuelo de avispas en la cara de Pin se alborota y en seguida se calma; después Pin habla con calma, pero achicando los ojos:

—Ya me explicarás por qué.

El Jirafa vuelve un poco el cuello hacia él y dice:

—Fuera de aquí, nosotros no tenemos nada que ver con quienes se entienden con los alemanes.

—Al final —dice Gian el Chófer—, con vuestras relaciones acabaréis en el Fascio bien acomodados.

Pin trata de poner cara de tomarles el pelo.

—Después me explicáis qué es eso —dice—. Yo con el Fascio nunca he tenido nada que ver, ni siquiera con los balillas,* y mi hermana anda con quien quiere y no molesta a nadie.

Mishel se rasca un poco la cara:

—El día que las cosas cambien, ¿comprendes?, a tu hermana la haremos salir rapada y desnuda como una gallina desplumada... Y para ti... para ti estamos estudiando algo que no te lo sueñas siquiera.

Pin no se inmuta pero se ve que por dentro sufre y se muerde los labios:

—El día que seáis más listos —dice—, os explicaré cómo son las cosas. Primero, yo y mi hermana no sabemos nada el uno del otro y rufianes seréis vosotros si os da la gana. Segundo, mi hermana no anda con alemanes porque le interesen los alemanes, sino porque es internacional como la cruz roja y así como anda con ellos después irá con los ingleses, los negros y cuanto fulano venga. —(Estas son frases que Pin ha aprendido escuchando a los grandes, tal vez los mismos que están hablando con él. ¿Por qué tiene ahora que explicarlas a ellos?)—. Ter-

* Balillas: niños de 8 a 14 años, miembros de las Juventudes fascistas. *(N. de la T.)*

cero, yo con el alemán todo lo que hice fue birlarle unos cuantos cigarrillos, y en cambio le he hecho bromas como la de hoy mismo que ahora no os cuento porque me habéis quitado las ganas.

Pero la tentativa de desviar la conversación fracasa. Gian el Chófer dice:

—¡Está la cosa como para bromas! Yo estuve en Croacia y allí bastaba que un alemán estúpido saliera a buscar mujeres en un pueblo para que no se encontrara ni su cadáver.

Mishel dice:

—Uno de estos días a tu alemán lo encontrarán en una cloaca.

El desconocido que ha estado todo el tiempo callado, sin aprobar ni sonreír, le tira un poco de la manga:

—No es el momento de hablar de esto. Recordad lo que os he dicho.

Los otros asienten y siguen mirando a Pin. ¿Qué querrán?

—Dime —pregunta Mishel—, ¿has visto la pistola del marinero?

—Una pistola del carajo —responde Pin.

—Bueno —dice Mishel—, tú nos traerás esa pistola.

—¿Y cómo? —pregunta Pin.

—Te las arreglas.

—¿Pero cómo hago si la lleva siempre pegada al culo? Cogedla vosotros.

—Bueno, yo digo: ¿en cierto momento no se quita los pantalones? Y entonces se quita también la pistola, seguro. Tú vas y se la coges. Arréglatelas.

—Si quiero.

—Escucha —dice el Jirafa—, aquí no se bromea. Si quieres ser de los nuestros ya sabes lo que tienes que hacer; si no...

—¿Si no?

—Si no... ¿Sabes qué es un *gap*?

El hombre desconocido le da un codazo al Jirafa y sacude la cabeza: parece no gustarle la manera de proceder de los otros.

Para Pin las palabras nuevas tienen siempre un halo de misterio, como si aludieran a algo oscuro y prohibido. ¿Un *gap*? ¿Qué será un *gap*?

—Claro que lo sé —dice.

—¿Qué es? —pregunta Jirafa.

—Es lo que en... tú y toda tu familia.

Pero los hombres no le hacen caso. El desconocido les ha hecho una señal para que acerquen la cabeza y les habla en voz baja y parece reprocharles algo, y los hombres hacen gestos de que tiene razón.

Pin está fuera de todo esto. Se irá sin decir nada, y de la historia de la pistola es mejor no volver a hablar, era algo sin importancia, tal vez los hombres ya la han olvidado.

Pero apenas ha llegado a la puerta cuando el Francés alza la cabeza y dice:

—Pin, entonces para aquel asunto estamos de acuerdo.

Pin quisiera volver a hacerse el tonto, pero de pronto se siente niño en medio de los grandes y se queda con la mano en el marco de la puerta.

—Si no, mejor que no aparezcas por aquí —dice el Francés.

Pin está ya en el *carrugio*. Anochece y en las ventanas se encienden las luces. A lo lejos, en el torrente, empiezan a croar las ranas; en esta época del año los chicos esperan alrededor de las pozas para atraparlas. Al apretarlas en la mano el contacto de las ranas es viscoso, resbaladizo, recuerdan a las mujeres, tan lisas y desnudas.

Pasa un chico con gafas y medias largas: Battistino.

—Battistino, ¿tú sabes qué es un *gap*?

Battistino pestañea, curioso:

—No, ¿qué es?

Pin empieza a reír, burlón:

—¡Ve a preguntarle a tu madre qué es el *gap!* Dile: mamá, ¿me regalas un *gap*? ¡Díselo, vas a ver cómo te lo explica!

Battistino se aleja muy mortificado.

Pin sube por el *carrugio*, casi oscuro ya; se siente solo y perdido en esa historia de sangre y cuerpos desnudos que es la vida de los hombres.

2

En el cuarto de su hermana, cuando se mira así, es como si siempre hubiera niebla: una franja vertical llena de cosas, alrededor la sombra que se espesa y todo parece cambiar de dimensiones si uno acerca el ojo a la rendija o lo aleja. Es como mirar a través de una media de mujer y hasta el olor es el mismo: el olor de su hermana que empieza del otro lado de la puerta de madera y emana tal vez de esas ropas ajadas y de la cama estirada sin ventilarse nunca.

La hermana de Pin siempre ha sido desaliñada con las cosas de la casa, desde niña: Pin lloraba a gritos en sus brazos, de pequeño, con la cabeza llena de costras, y entonces ella lo dejaba sobre el pretil del lavadero y se iba a saltar con los chicos en los rectángulos trazados con tiza en la acera. De vez en cuando volvía el barco del padre, Pin recuerda sólo los brazos grandes y desnudos que lo alzaban en el aire, fuertes brazos marcados por venas negras. Pero desde la muerte de la madre fue apareciendo cada vez menos hasta que nadie volvió a verlo; se decía que tenía otra familia en una ciudad del otro lado del mar.

Más que un cuarto, Pin tiene un trastero, una

caseta de perro separada por un tabique de madera, con una ventana que parece una tronera por lo estrecha y alta y profunda en la pared torcida de la vieja casa. Del otro lado está la habitación de su hermana, que se entrevé por las rajaduras del tabique, y para ver por esas rajaduras todo lo que hay alrededor, te vuelves bizco. Allí, detrás de ese tabique, está la explicación de todas las cosas del mundo. Pin se ha pasado horas y horas desde pequeño aguzando los ojos como puntas de alfiler; todo lo que sucede allí dentro él lo sabe, pero la explicación del porqué se le escapa, y termina acurrucado en su camastro por la noche, abrazándose el pecho. Entonces las sombras del trastero se transforman en sueños extraños de cuerpos que se persiguen, se pegan y se abrazan desnudos, hasta que ocurre algo grande y caliente y desconocido que lo domina y Pin lo acaricia y lo guarda en su calor, y esto es la explicación de todo, un remoto llamado de felicidad olvidada.

El alemán en camiseta da vueltas por la habitación, con los brazos rosados y rollizos como muslos, y de vez en cuando se pone en el foco de la rendija; en cierto momento se ven también las rodillas de su hermana que giran en el aire y se meten entre las sábanas. Entonces Pin tiene que retorcerse para ver dónde queda el cinturón con la pistola; está ahí colgado del respaldo de una silla como un fruto extraño, y Pin quisiera tener un brazo delgado como su mirada para pasarlo por la rendija, coger el arma y guardársela. Ahora el alemán está desnudo, en camiseta, y se ríe: siempre se ríe cuando está desnudo porque en el fondo tiene un alma púdica, de muchacha. Salta a la cama y apaga la luz, Pin sabe que pasará un rato así en la oscuridad y en silencio, antes de que la cama empiece a crujir.

Este es el momento: Pin tendría que entrar en la habitación descalzo y en cuatro patas y bajar el cinturón de la silla sin hacer ruido: no por hacer una broma y después reír y burlarse, sino por algo serio y misterioso que dijeron los hombres de la taberna, con un reflejo opaco en el blanco de los ojos. Pero a Pin le gustaría ser siempre amigo de los grandes y que los grandes bromeasen siempre con él y le dieran confianza. A Pin le gustan los grandes, le gusta hacerles chistes pesados, esos grandes fuertes y tontos cuyos secretos conoce; el alemán también le gusta y ahora cometerá un hecho irreparable; tal vez no pueda bromear más con el alemán, después de esto; y también con los compañeros de la taberna será distinto, habrá algo que lo ate a ellos, algo de lo que no se puede reír y decir obscenidades, y ellos lo mirarán siempre con esa raya recta entre las cejas y le preguntarán en voz baja cosas cada vez más raras. Pin quisiera tenderse en su camastro y quedarse con los ojos abiertos y fantasear, mientras del otro lado el alemán bufa y su hermana pega grititos como si le hicieran cosquillas debajo de los brazos, quisiera fantasear con bandas de chicos que lo acepten como jefe, e ir todos juntos contra los grandes y pegarles y hacer cosas maravillosas, cosas que hasta los grandes se verían obligados a admirarlo y a aceptarlo como jefe, y al mismo tiempo a quererlo y a acariciarle la cabeza. Pero en cambio él tiene que moverse solo en la noche y a través del odio de los grandes, y robarle la pistola al alemán, cosa que no hacen los otros chicos, que juegan con pistolas de lata y espadas de madera.

Quién sabe qué dirían si mañana Pin fuese a buscarlos y descubriéndola poco a poco les mostrase una pistola verdadera, brillante y amenazadora y que parece a punto de disparar sola. Tal vez tendrían miedo y tal vez Pin también tuviera miedo con la pistola escondida debajo de la chaqueta: le bastaría una de esas pistolas para niños que disparan con una cinta de mixtos rojos y meterles un susto tal a los grandes que se desmayaran y le pidieran piedad. En cambio ahora Pin está en cuatro patas en el umbral de la habitación, con la cabeza ya del otro lado de la cortina, en ese olor de macho y hembra que le da de pronto en las narices. Ve las sombras de los muebles en la habitación, la cama, la silla, el bidé alargado apoyado en su trípode. Ahora: desde la cama empieza a oírse el diálogo de gemidos, ahora se puede avanzar en cuatro patas tratando de no hacer ruido. Pero tal vez Pin se alegraría de que el suelo crujiese, de que el alemán oyera y de pronto se encendiera la luz y él se viese obligado a escapar descalzo y su hermana detrás gritándole ¡Puerco! Y que todo el vecindario oyera y se hablara de la cosa incluso en la taberna, y él pudiera contar la historia al Chófer y al Francés, con todos los detalles para que lo creyeran verídico y dijeran:

–Basta. Salió mal. No se hable más.

En realidad el suelo cruje, pero muchas cosas crujen en ese momento y el alemán no oye: Pin ha llegado ya a tocar el cinturón, y al tacto es una cosa concreta, no mágica, y resbala del respaldo de la silla con una facilidad terrible, sin dar siquiera en el suelo. Ahora «la cosa» ha ocurrido: el miedo fingido de antes se convierte en miedo verdadero. Hay que enrollar rápidamente el cinturón alrededor de la funda de la pistola y esconder todo debajo de la camiseta sin trabarse los brazos y las piernas, después volver en cuatro patas sobre sus pasos, despacito y sin soltar la lengua apretada entre los dientes: tal vez si soltase la lengua apretada entre los dientes sucedería algo espantoso.

Una vez fuera, ni pensar en volver a su camastro y esconder la pistola debajo del colchón como las manzanas robadas en el mercado de frutas. Dentro de poco el alemán se levantará y buscará la pistola y lo pondrá todo patas arriba.

Pin sale al callejón: no es que la pistola le queme; así escondida entre sus ropas es un objeto como cualquier otro y uno puede olvidar que lo lleva encima; incluso le desagrada esta indiferencia, y de sólo pensarlo Pin quisiera sentir un escalofrío. Una pistola verdadera. Una pistola verdadera. Pin trata de excitarse pensándolo. El que tiene una pistola verdadera lo puede todo, es como un hombre grande. Puede ordenarles todo lo que quiera a las mujeres y a los hombres amenazando con matarlos.

Ahora Pin empuñará la pistola y caminará apuntando siempre con ella: nadie podrá quitársela y todos tendrán miedo. En cambio sigue teniendo la pistola en el cinturón enrollado, debajo de la camiseta, y no se decide a tocarla, casi con la esperanza de que cuando la busque no esté, de que se haya perdido en el calor de su cuerpo.

El lugar para guardar la pistola es un hueco debajo de la escalera donde los chicos se meten para jugar al escondite, y donde llega el reflejo de luz de un farol tuerto. Pin desenrolla el cinturón, abre la funda y con un gesto como el de quien coge un gato por el pescuezo, extrae la pistola: es verdaderamente grande y amenazadora; si Pin tuviera el valor de jugar con ella fingiría que es un cañón. Pero Pin la maneja como si fuese una bomba; el seguro, ¿dónde estará el seguro?

Por fin se decide a empuñarla, pero se cuida de no meter los dedos debajo del gatillo, teniendo bien firme la culata; también así se la puede empuñar bien y apuntar contra lo que se quiera. Pin apunta primero contra la tubería del desagüe, a quemarropa, después contra un dedo, su dedo, y pone una cara feroz echando hacia atrás la cabeza y diciendo entre dientes: «la bolsa o la vida», después encuentra un zapato viejo, y apunta contra el zapato viejo, contra el talón, después adentro, después pasa la boca del arma por las costuras de la capellada. Es algo muy divertido: un zapato, un objeto tan conocido, sobre todo para él, aprendiz de remendón, y una pistola, un objeto tan misterioso, casi irreal: juntándolos se pueden hacer cosas impensadas, se les pueden hacer contar historias maravillosas.

Pero en cierto momento Pin no resiste más la tentación y apunta la pistola contra su sien: es algo que da vértigo. Adelante, hasta tocar la piel y sentir el frío del hierro. Ahora se podría poner el dedo en el gatillo: no, mejor apretar la boca del cañón contra el pómulo hasta hacerse daño y sentir el círculo de hierro con el hueco en el que nacen los disparos. Al separar el arma de la sien, de golpe, tal vez el aire aspirado hará estallar un tiro: no, no estalla. Ahora se puede meter el cañón en la boca y sentir su sabor debajo de la lengua. Después, nada más pavoroso, llevarla a los ojos y mirar dentro del cañón oscuro que parece hondo como un pozo. Una vez Pin vio a un chico que se había disparado un tiro en un ojo con un fusil de caza, cuando lo llevaban al hospital: un gran grumo de sangre le cubría la mitad de la cara, y la otra mitad estaba toda llena de puntitos negros de pólvora.

Pin ha jugado con la pistola verdadera, ha jugado bastante: puede darla a los hombres que se la han pedido, no ve la hora de entregarla. Cuando no la tenga será como si no la hubiera robado, y por mucho que el alemán se enfurezca con él, Pin podrá volver a tomarle el pelo.

El primer impulso sería entrar en la taberna corriendo y anunciar a los hombres: «¡La tengo y no la suelto!», en medio del entusiasmo de todos, que exclaman: «¡No puede ser!». Después le parece más divertido preguntarles: «Adivina qué he traído» y hacerles impacientarse un poco antes de decirlo. Pero claro que ellos pensarán en seguida en la pistola; mejor es entrar rápidamente en el tema y empezar a contarles la historia de diez maneras diferentes, dando a entender que ha acabado mal, y cuando estén sobre ascuas y no entiendan nada, poner la pistola sobre la mesa y decir: «Mira lo que me he encontrado en el bolsillo», y ver qué cara ponen.

Pin entra en la taberna en puntas de pies, silencioso; los hombres siguen parloteando alrededor de una mesa, con los codos como si hubieran echado raíces. Sólo falta el desconocido y su silla está vacía. Pin está detrás de ellos, que no se han dado cuenta de su llegada: espera que de pronto lo vean y se sobresalten, dejando caer sobre él una ducha de miradas interrogadoras. Pero nadie se vuelve. Pin mueve una silla. El Jirafa tuerce el cuello, lo mira de reojo y sigue hablando despacio.

—Hola, guapos —dice Pin.

Le echan una ojeada.

—Hocico feo —le dice el Jirafa, amistoso.

Nadie añade nada más.

—Pues bien —dice Pin.

—Pues bien —repite Gian el Chófer—, ¿qué nos cuentas de nuevo?

Pin está un poco decepcionado.

—Bueno —dice el Francés—, ¿estás desanimado? Cántanos algo, Pin.

«Aquí», piensa Pin, «ellos también se hacen los desentendidos, pero no caben en su pellejo de curiosidad.»

—Hale —dice. Pero no empieza: siente la garganta apretada, seca, como cuando uno tiene miedo de llorar.

—Hale —repite—. ¿Qué canto?

—¿Qué? —pregunta Mishel.

Y Jirafa:

—Qué lata esta noche, quisiera estar durmiendo ya.

Pin no aguanta más el juego:

—¿Y el hombre aquel? —pregunta.

—¿Quién?

—El hombre que estaba sentado allí.

—Ah —dicen los otros y menean la cabeza. Después vuelven a parlotear entre ellos.

—Yo —dice el Francés a los otros— con esos del comité no me comprometería demasiado. No tengo ganas de pagar los platos rotos.

—Está bien —dice Gian el Chófer—. Y nosotros, ¿qué hemos hecho? Dijimos: se verá. Entre tanto nos conviene estar en contacto con ellos sin comprometernos y ganar tiempo. Además, yo con los alemanes tengo una cuenta pendiente desde la época en que estábamos juntos en el frente, y si hay que pelear, pelearé de buena gana.

—Bueno —dice Mishel—. Mira que con los alemanes no se bromea y no se sabe cómo acabará la cosa. El comité quiere que formemos el *gap;* está bien, nosotros formamos el *gap* por nuestra cuenta.

—Mientras tanto —dice el Jirafa— les mostramos que estamos con ellos y nos armamos. Una vez armados...

Pin está armado: siente la pistola debajo de la chaqueta y apoya una mano encima, como si se la quisieran quitar.

—¿Tenéis armas vosotros? —pregunta.

—No pienses en eso —dice el Jirafa—. Tú piensa en la pistola del alemán, ¿de acuerdo?

Pin aguza las orejas; ahora dirá: adivinad, dirá.

—Trata de no perderla de vista, si llegas a tenerla a tiro...

No es como Pin hubiera querido; ¿por qué les importa tan poco, ahora? Quisiera no haber cogido la pistola todavía, quisiera volver y restituirla al alemán.

—Por una pistola —dice Mishel— no vale la pena correr el riesgo. Además es un modelo anticuado: pesada, se traba.

—Mientras tanto —dice el Jirafa— hay que mostrar al comité que hacemos algo, eso es lo importante. —Y siguen parloteando en voz baja.

Pin ya no oye nada: ahora está seguro de que no les dará la pistola; le saltan las lágrimas y la rabia le hace apretar las encías. Los grandes son una raza ambigua y traidora, no tienen en los juegos esa seriedad terrible de los chicos, pero ellos también tienen sus juegos, cada vez más serios, un juego dentro del otro, tanto que jamás se consigue entender cuál es el verdadero. Antes parecía que jugaban con el hombre desconocido contra el alemán, ahora solos contra el hombre desconocido, uno no se puede fiar nunca de lo que dicen.

—Bueno, cántanos algo, Pin —dicen ahora, como si no hubiera sucedido nada.

Sabe que no puede cantar. Quisiera llorar, pero estalla en un chillido en *i* que perfora los tímpanos y termina en una andanada de insultos:

—¡Cabrones, hijos de perra apestada, de yegua cochina y mugrienta, hijos de puta!

Los otros se quedan mirándolo, preguntándose qué le pasa, pero Pin ya ha escapado de la taberna.

Fuera, su primer impulso sería buscar a aquel hombre, el que llaman «comité» y darle la pistola: en ese momento es la única persona que Pin respeta, aunque antes, tan callado y serio, le inspirara desconfianza. Pero ahora es el único que podría comprenderlo, admirarlo por su gesto, y tal vez se lo llevara consigo a hacer la guerra contra los alemanes, los dos solos, armados de la pistola, apostados en las esquinas. Pero quién sabe dónde andará ahora Comité: no se puede andar preguntando, nadie lo había visto antes.

Pin se quedará con la pistola y no se la entregará a nadie y no le dirá a nadie que la tiene. Sólo dará a entender que está dotado de una fuerza terrible y todos le obedecerán. El que tiene una pistola verdadera debería poder jugar juegos maravillosos, que ningún chico ha jugado nunca, pero Pin es un chico que no sabe jugar, que no sabe participar en los juegos ni de los grandes ni de los chicos. Sin embargo, ahora Pin se alejará de todos y jugará solo con su pistola, jugará juegos que nadie más conoce y que nadie más podrá conocer nunca.

Es de noche: Pin sale del montón de casas viejas por los senderos que corren entre huertos y barrancos llenos de basuras. En la oscuridad las alambradas metálicas que circundan los sembrados arrojan una malla de sombras sobre la tierra gris-lunar; las gallinas duermen alineadas en los palos de los gallineros y todas las ranas han salido del agua y forman coros en todo el torrente, desde la fuente hasta la desembocadura. Quién sabe qué ocurriría si le disparara a una rana: tal vez sólo quedaría una salpicadura de baba verde sobre algunas piedras.

Pin sigue los senderos que bordean el torrente, lugares escarpados que nadie cultiva. Hay caminos que sólo él conoce y que los otros chicos se morirían por conocer: un lugar donde hacen sus nidos las arañas y sólo Pin lo sabe, el único en toda la quebrada, tal vez en toda la región: ningún chico ha sabido jamás que las arañas hacen nido, salvo Pin.

Quizás un día Pin encuentre un amigo, un verdadero amigo que entienda y a quien se pueda entender, y entonces a él y sólo a él le mostrará el lugar de las cuevas de las arañas. Es un atajo pedregoso que baja al torrente entre dos paredes de tierra y hierbas. Allí, en medio de la hierba, las arañas hacen cuevas, túneles tapizados de un cemento de hierbas secas; pero lo maravilloso es que las cuevas tienen una puertecita, también de ese amasijo seco de hierbas, una puertecita redonda que se puede abrir y cerrar.

Cuando ha hecho alguna broma pesada y a fuerza de reír el pecho se le ha llenado de una tristeza opaca, Pin vaga solo por los senderos del zanjón y busca el lugar donde hacen sus cuevas las arañas. Con un palo largo se puede llegar hasta el fondo de una de ellas, y ensartar la araña, una pequeña araña negra, con dibujitos grises como los de los vestidos de verano de las viejas beatonas.

Pin se divierte deshaciendo las puertas de las cuevas y ensartando las arañas con los palos, e incluso atrapando grillos y mirando de cerca sus absurdas caras de caballo verde, para después cortarlos en pedazos y formar con las patas extraños mosaicos sobre una piedra lisa.

Pin es malo con los animales: son seres monstruosos e incomprensibles, como los hombres; ha de ser feo ser un animal pequeño, es decir, ser verde y hacer caca a gotas, y tener siempre miedo de que venga un ser humano como él, con una enorme cara llena de pecas rojas y negras y con dedos capaces de despedazar grillos.

Ahora Pin está solo entre las cuevas de las arañas y la noche es infinita a su alrededor como el coro de las ranas. Está solo pero lleva la pistola consigo, y ahora se pone sobre el trasero el cinturón con la cartuchera, como el alemán, sólo que el alemán es gordo y Pin se puede colgar el cinturón en bandolera, como los guerreros que se ven en el cine. Ahora puede extraer la pistola con un gran gesto como si desenvainase una espada, e incluso decir: «¡Al asalto, mis valientes!», como hacen los chicos cuando juegan a los piratas. Pero no se sabe qué gusto sacan esos mocosos cuando dicen y hacen esas cosas: después da dar unos saltos por la hierba apuntando con la pistola, mirando las sombras de los troncos de los olivos, Pin se aburre y no sabe qué hacer con el arma.

En ese momento las arañas subterráneas comen gusanos o se acoplan macho con hembra soltando hilos de baba: son seres repugnantes como los hombres, y Pin mete el cañón de la pistola en la abertura de la cueva con ganas de matarlas. Quién sabe qué ocurriría si se disparara un tiro, las casas están lejos y nadie sabría de dónde llega. Además, los alemanes y los de la milicia suelen disparar por la noche a los que andan dando vueltas después del toque de queda.

Pin ha apoyado el dedo en el gatillo, apuntando

con la pistola a la cueva de una araña: resistir las ganas de apretar el gatillo es difícil, pero naturalmente la pistola tiene el seguro puesto y Pin no sabe cómo quitarlo.

De pronto el disparo sale tan de improviso que Pin ni siquiera tiene conciencia de haber apretado: en su mano la pistola da un salto atrás, humeante y toda sucia de tierra. El túnel de la cueva se ha desmoronado, sobre ella baja la tierra en un minúsculo alud y alrededor la hierba esta chamuscada.

Pin se sobrecoge de miedo y después de alegría: todo ha sido tan bonito y el olor de la pólvora es tan bueno. Pero lo que de veras le espanta es que de pronto las ranas callan y no se oye nada más, como si el disparo hubiera matado a la tierra entera. Después una rana, muy lejos, empieza a cantar de nuevo, y después otra más cerca, y otras todavía más cerca, hasta que el coro recomienza y a Pin le parece que croan más fuerte, mucho más fuerte que antes. Y en las casas un perro ladra y una mujer empieza a llamar desde la ventana. Pin no disparará más porque ese silencio y esos ruidos le dan miedo. Pero otra noche volverá y no habrá nada que lo asuste, y entonces disparará todas las balas de la pistola, incluso contra los murciélagos y los gatos que a esa hora rondan alrededor de los gallineros.

Ahora hay que encontrar un sitio donde esconder la pistola: la cavidad de un olivo; o mejor: enterrarla, o mejor aún, cavar un nicho en la pared herbosa donde están los nidos de araña y cubrir todo con tierra y pastos. Pin escarba con las uñas en un lugar donde la tierra ya está toda roída por las innumerables cuevas de las arañas, mete dentro la pistola en la cartuchera que ha soltado del cinturón y lo cubre todo con tierra y pastos y pedazos de la pared de la cueva, mascujados por las bocas de las arañas. Después pone algunas piedras para que sólo él pueda reconocer el lugar, y se aleja azotando los matorrales con la correa del cinturón. La vuelta se hace por los *beudi,* los pequeños canales que corren en lo alto del zanjón con una angosta hilera de piedras para poder andar por ellos.

Pin va arrastrando la cola del cinturón por el agua de la cuneta y silba para no oír el croar de las ranas que parece ir amplificándose.

Después vienen los huertos y las basuras y las casas, y al llegar allí Pin oye voces no italianas. Hay toque de queda, pero él suele deambular por la noche porque es un niño y las patrullas no le dicen nada. Pero esta vez Pin tiene miedo porque tal vez esos alemanes están buscando al que ha disparado. Se le acercan y Pin quisiera escapar, pero ya le gritan algo y lo alcanzan. Pin se ha encogido en un gesto de defensa usando la correa del cinturón como un látigo. Pero entonces los alemanes miran justamente la correa, es lo que quieren, y de pronto lo atrapan por el pescuezo y se lo llevan. Pin dice muchísimas cosas: ruegos, lamentos, insultos, pero los alemanes no entienden nada, son peores, mucho peores que los guardias municipales.

En el *carrugio* están justamente unas patrullas alemanas y fascistas armadas, y gente que ha sido arrestada, incluso Mishel el Francés. Pin tiene que pasar entre todos ellos, subiendo por el *carrugio.* Está oscuro; sólo en lo alto de los peldaños hay un punto iluminado por un farol tuerto a causa del oscurecimiento.

A la luz del farol tuerto, en lo alto del *carrugio*, Pin ve al marinero alemán, con su gorda cara enfurecida, que lo señala con el dedo.

3

Los alemanes son peores que los guardias municipales. Con los guardias por lo menos uno podía bromear, decir: «Si me soltáis, os prometo que os acostaréis gratis con mi hermana».

En cambio los alemanes no entienden lo que se les dice, los fascistas son gentes desconocidas, gentes que no saben siquiera quién es la hermana de Pin. Son dos razas especiales: tan rojizos, carnosos e imberbes son los alemanes, como negros, huesudos, de caras azuladas y bigotes de rata los fascistas.

En el comando alemán, por la mañana, el primer interrogado es Pin. Frente a él están un oficial alemán con cara de crío y un intérprete fascista de barbita. En un ángulo, el marinero, y sentada, la hermana de Pin. Todos tienen un aire de fastidio: al parecer el marinero, por una pistola robada, habrá inventado toda una historia, tal vez para que no lo acusen de haber dejado que se la robaran, y habrá contado muchas cosas falsas.

Sobre la mesa del oficial está el cinturón, y la primera pregunta que le hacen a Pin es: ¿cómo es que esto estaba en tus manos? Pin está semidormido: pasaron la noche echados en el suelo de un pasillo; Mishel el Francés se acomodó a su lado y cada vez que Pin estaba por conciliar el sueño, Mishel le daba un codazo doloroso, y le decía en un murmullo:

—Si hablas te liquidamos.

Y Pin:

—Ojalá revientes.

—Aunque te peguen, ¿has comprendido?, no digas una palabra de nosotros.

Y Pin:

—Ojalá te mueras.

—Quedamos de acuerdo en que si los socios no me ven volver a casa, te liquidan.

Y Pin:

—Ojalá te venga un cáncer en el alma.

Mishel es un tipo que antes de la guerra trabajaba en Francia, en hoteles, y se lo pasaba bien, aunque de vez en cuando le dijeran *macaroni* o *cochon fassiste;* después, en el 40, empezaron a meterlo en campos de concentración y a partir de entonces todo le salió al revés: desempleo, repatriación, hampa.

En cierto momento los centinelas advirtieron los murmullos entre Pin y el Francés y se llevaron al chico porque era el principal sospechoso y no debía comunicarse con nadie. Pin no pudo dormir; a que le pegaran estaba acostumbrado y no lo asustaba tanto, pero lo que le atormentaba era la duda sobre la actitud que adoptaría en el interrogarorio: por una parte hubiera querido vengarse de Mishel y de todos los demás y decir en seguida a los comandantes alemanes que la pistola la había entregado a los de la taberna y que además estaba el *gap;* pero ser delator era un acto tan irreparable como robar la pistola, quería decir que no volverían a pagarle un trago en la taberna, que no cantaría más ni escucharía porquerías. Y además podía comprometer a Comité, siempre tan triste e insatisfecho, y esto le hubiera remordido a Pin porque Comité era de todos ellos la única persona buena. Pin quisiera en este momento que llegara Comité, envuelto en su impermeable, que entrara en la oficina de interrogatorios y dijera: «Le dije yo que cogiera la pistola». Sería un hermoso gesto, digno de él, y ni siquiera le ocurriría nada, porque justo en el momento en que los SS estuvieran por apresarlo, se oiría como en el cine: «¡Llegan los nuestros!» y entrarían de pronto los hombres de Comité para liberarlos a todos.

—Le encontré —responde Pin al oficial alemán que le ha preguntado por el cinturón. Entonces el oficial levanta el cinturón y le da con todas sus fuerzas un latigazo en una mejilla. Pin está a punto de caer al suelo, siente como un vuelo de agujas que se le clavan en las pecas y que la sangre le corre por la mejilla hinchada ya.

Su hermana pega un grito. Pin no puede menos que pensar cuántas veces le ha pegado ella, casi tan fuerte como ahora, y que es una mentirosa que se hace la muy sensible. El fascista se lleva a la hermana, el marinero empieza un complicado discurso en alemán señalando a Pin, pero el oficial lo hace callar. Le preguntan a Pin si no está decidido a decir la verdad: ¿quién le ha mandado robar la pistola?

—La pistola la cogí para dispararle a un gato y después devolverla —dice Pin, pero no consigue poner cara de ingenuo, se siente todo hinchado y con una lejana necesidad de caricias.

Un nuevo latigazo en la otra mejilla, aunque menos fuerte. Pero Pin, que recuerda su sistema con los guardias municipales, lanza un grito desgarrador antes de que la correa lo haya tocado, y no para de gritar. Empieza una escena en la que Pin salta gritando y llorando por la habitación y los alemanes lo persiguen para atraparlo o para darle latigazos, y él grita, lloriquea, insulta y contesta a las preguntas que siguen haciéndole con respuestas cada vez más inverosímiles.

—¿Dónde has puesto la pistola?

Ahora Pin puede decir la verdad:

—En las cuevas de las arañas.

—¿Dónde están?

En el fondo Pin preferiría ser amigo de estos hombres; también los guardias municipales lo aporrean siempre y después terminan bromeando sobre su hermana. Si se pusieran de acuerdo sería bueno explicarles a éstos dónde hacen sus nidos las arañas y que se interesaran y fueran con él, que les mostraría todos los lugares. Después irían juntos a la taberna a comprar vino y después todos a la habitación de su hermana a beber, fumar y verla bailar. Pero los alemanes y los fascistas son razas imberbes o azuladas con las que uno no puede entenderse, y le siguen pegando y Pin nunca les dirá dónde están los nidos de araña: si nunca lo ha dicho a los amigos, cómo va a decírselo a ellos.

Llora, en cambio, un llanto enorme, exagerado, total, como el llanto de los recién nacidos, mezclado con gritos e insultos y pataleos que se oyen en todo el local del comando alemán. No traicionará a Mishel, al Jirafa, al Chófer y los otros: son sus verdaderos compañeros. Ahora Pin está lleno de admiración por ellos porque son enemigos de esas razas bastardas. Mishel puede estar seguro de que Pin no lo traicionará, desde el otro lado oirá sus gritos y seguro que dirá: «Un chico de hierro, Pin, resiste y no habla».

En efecto, el escándalo armado por Pin se oye desde todas partes, los oficiales de los otros despachos empiezan a hartarse, en el comando alemán siempre hay un ir y venir de gentes en busca de permisos y aprovisionamiento, no está bien que todos oigan que les pegan incluso a los niños.

El oficial de cara infantil recibe la orden de interrumpir el interrogatorio; continuará otro día y en otro local. Pero ahora hacer callar a Pin es un problema. Quieren explicarle que todo ha terminado, pero Pin cubre las voces con sus chillidos. Se le acercan varios para calmarlo, pero él escapa y se suelta y redobla los lloriqueos. Hacen entrar a su hermana para que lo consuele y él casi se le echa encima para morderla. Poco después un grupito de milicianos y de alemanes lo rodea tratando de calmarlo, uno le hace una caricia, otro trata de secarle las lágrimas.

Al final, extenuado, Pin se aquieta, jadeando, ya sin voz. Un miliciano lo llevará a la prisión y mañana volverá a acompañarlo al interrogatorio.

Pin sale de la oficina con el miliciano armado que lo sigue; se le ha achicado la cara bajo el pelo enmarañado, los ojos restregados y las pecas lavadas por las lágrimas.

En la puerta se cruza con Mishel el Francés que sale, libre.

—Chao, Pin —dice—, voy a casa. Mañana me engancho.

Pin lo mira de reojo con sus ojillos colorados, la boca abierta.

—Sí, presenté mi solicitud a la brigada negra. Me han explicado las ventajas, el sueldo que pagan. Además, sabes, en las batidas puedes meterte en las casas y revisar donde quieras. Mañana me visten y me arman. Que te vaya bien, Pin.

El miliciano que acompaña a Pin a la cárcel lleva la gorrita negra con la insignia fascista bordada en rojo: es un muchachón bajo, con un fusil más alto que él. No pertenece a la raza azulada de los fascistas.

Hace ya cinco minutos que caminan y ninguno de los dos ha dicho nada.

—Si quieres, tú también puedes entrar en la brigada negra —le dice el miliciano a Pin.

—Si quiero entro en la... yegua de tu bisabuela —le contesta Pin sin inmutarse.

El miliciano quiere hacerse el ofendido.

—Eh, ¿qué te crees? Eh, oye, ¿quién te ha enseñado? —y se detiene.

—Vamos, llévame a la cárcel, date prisa —le dice Pin tirando de él.

—¿Y qué te crees, que en la cárcel vas a estar tranquilo? A cada momento te mandan al interrogatorio y te revientan a golpes. ¿Te gusta que te peguen?

—A ti, en cambio, te gusta estar en... —dice Pin.

—A ti —replica el miliciano.

—A ti, a tu padre y a tu abuelo —dice Pin.

El miliciano es un poco tonto y sale siempre mal parado.

—Si no quieres que te peguen, entra en la brigada negra.

—¿Y entonces?

—Entonces haces batidas.

—¿Tú has hecho batidas?

—No. Yo soy plantón en el comando.

—Vamos, quién sabe cuántos rebeldes habrás matado y no lo quieres decir.

—Te lo juro. No estuve nunca en una batida.

—Salvo en las que estuviste.

—Salvo en la que me atrapó.

—¿También a ti te pillaron en una batida?

—Sí, fue una buena batida, realmente bien hecha. Limpieza completa. Me cogieron también a mí. Estaba escondido en un gallinero. Realmente una buena batida.

Pin se ha disgustado con Michel, no porque piense que ha cometido una mala acción, que es un traidor. Le irrita equivocarse siempre y no poder prever jamás lo que harán los grandes. Espera que éste piense de un modo, y piensa de otro, cambiando de una manera que nunca se puede prever.

En el fondo también a Pin le gustaría estar en la brigada negra, dar vueltas adornado con calaveras y cargadores de metralleta, asustar a las gentes y estar entre los viejos como uno de ellos, unido a ellos por esa barrera de odio que los separa de los otros hombres. Tal vez, pensándolo bien, decida entrar en la brigada negra, por lo menos podrá recuperar la pistola y quizá pueda conservarla y llevarla abiertamente sobre el uniforme; y podrá también vengarse del oficial alemán y del suboficial fascista haciéndoles bromas pesadas, para resarcirse con carcajadas de todos los llantos y los gritos.

Hay una canción de las brigadas negras que dice: *E noi di Mussolini / ci chiaman farabutti...** y después vienen palabras obscenas: las brigadas negras pueden cantar canciones obscenas por las calles porque son bribones de Mussolini, eso es maravilloso. Pero el plantón es un estúpido, y lo irrita, por eso le contesta mal a todo lo que dice.

La cárcel es una gran villa de ingleses requisada porque en la vieja fortaleza del puerto los alemanes han instalado la artillería antiaérea. Es una villa extraña, en medio de un parque de araucarias, que quizá ya tenía antes el aire de una prisión, con muchas torres y terrazas y chimeneas que giran al viento, y rejas que ya existían, además de las añadidas.

Ahora las habitaciones se han transformado en celdas, extrañas celdas con piso de madera y linóleo, con grandes chimeneas de mármol cegadas, con lavabos y bidés tapados con trapos. En las torrecillas están los centinelas armados, y en las terrazas los

* Y a nosotros nos llaman / bribones de Mussolini... *(N. de la T.)*

detenidos hacen cola para el rancho y se dispersan a la hora del paseo.

Cuando Pin llega es la hora del rancho y de pronto se acuerda de que tiene mucha hambre. Le dan una escudilla y lo ponen en la cola.

Entre los detenidos hay muchos que no han respondido a la convocatoria y también muchos culpables de delitos económicos, carniceros clandestinos, traficantes de gasolina y de libras esterlinas. Delincuentes comunes han quedado pocos, ahora que nadie persigue a los ladrones: gentes que cumplen viejas condenas y que ya no tienen edad para enrolarse y condonar la pena. Los presos políticos se distinguen por los cardenales de la cara, por la forma en que se mueven con los huesos rotos en los interrogatorios.

También Pin es un «político», se ve en seguida. Está comiendo su bazofia cuando se le acerca un muchacho alto y gordo, con la cara más hinchada y morada que la suya y la cabeza rapada debajo de una gorra con visera.

—Te han puesto bueno, compañero —dice.

Pin lo mira, no sabe todavía cómo tratarlo:

—¿Y a ti no? —pregunta.

El cabezarrapada dice:

—A mí me llevan todos los días al interrogatorio y me azotan con un vergajo.

Lo dice dándose gran importancia como si le hicieran un honor especial.

—Si quieres mi sopa, toma —le dice a Pin—. Yo no puedo comer porque tengo la garganta llena de sangre.

Y escupe en el suelo una espumita roja. Pin lo mira con interés: siempre ha sentido una extraña admiración por los que consiguen escupir sangre; le gustaba mucho ver escupir a los tísicos.

—Así que estás tísico —dice Pin.

—Tal vez me hayan puesto tísico —admite el cabezarrapada dándose importancia. Pin lo admira; quizá se hagan amigos de veras. Y además le ha dado su sopa y Pin la agradece mucho porque tiene hambre.

—Si esto sigue así —dice el cabezarrapada— me arruinan para toda la vida.

Pin dice:

—¿Y por qué no te metes en la brigada negra?

Entonces el cabezarrapada se pone de pie y le clava en la cara los ojos tumefactos:

—Dime, ¿no sabes quién soy?

—No, ¿quién eres? —pregunta Pin.

—¿Nunca has oído hablar de Lobo Rojo?

¡Lobo Rojo! ¿Y quién no ha oído hablar de él? A cada golpe que reciben los fascistas, a cada bomba que estalla en la pequeña villa de un comando, a cada espía que desaparece y no se sabe dónde ha ido a parar, la gente pronuncia un nombre en voz baja: Lobo Rojo. Pin sabe también que Lobo Rojo tiene dieciséis años, y que antes trabajaba en la Todt como mecánico: otros muchachos que trabajaban en la Todt para eximirse del servicio militar le han contado de él, porque usaba un gorro a la rusa y hablaba siempre de Lenin, tanto que lo habían apodado Gepeú. Tenía también la manía de la dinamita y de las bombas de relojería y parece que había entrado en la Todt para aprender a fabricar minas. Hasta que un día voló por los aires el puente del ferrocarril y Gepeú no volvió a aparecer por la Todt: se había ido a la montaña y bajaba a la ciudad por la noche, con una estrella blanca, roja y verde en su gorro ruso, y una gran pistola. Se había dejado crecer el pelo y se llamaba Lobo Rojo.

Ahora Lobo Rojo está delante de él, con el gorro a la rusa pero sin la estrella, la gran cabeza rapada, los ojos en compota, escupiendo sangre.

—Sí: ¿eres tú? —dice Pin.

—Yo —contesta Lobo Rojo.

—¿Y cuándo te atraparon?

—El jueves en el puente del Borgo: armado y con la estrella en el gorro.

—¿Y qué te van a hacer?

—Tal vez —dice con su aire de importancia— me fusilen.

—¿Cuándo?

—Tal vez mañana. ¿Y tú? —Lobo Rojo escupe sangre en el suelo—. ¿Quien eres tú? —le pregunta a Pin. Pin dice su nombre. Siempre ha deseado encontrar a Lobo Rojo, Pin, verlo desembocar una noche en las callejas de la ciudad vieja, pero también ha tenido siempre un poco de miedo, a causa de su hermana que anda con los alemanes.

—¿Por qué estás aquí? —pregunta Lobo Rojo. Emplea casi el mismo tono perentorio de los fascistas que interrogan.

Ahora le toca a Pin darse un poco de tono:

—Me llevé la pistola de un alemán.

Lobo Rojo hace una mueca favorable, serio:

—¿Estás en una banda? —pregunta.

Pin dice:

—Yo no.

—¿No estás organizado? ¿No estás en un *gap*?

Pin está contentísimo de volver a oír esa palabra:

—¡Sí, sí —dice— *gap*!

—¿Con quién estás?

Pin lo piensa un poco, después contesta:

—Con Comité.

—¿Quién?

—Comité, ¿no lo conoces? —Pin quiere darse aires de superioridad pero no le sale bien—. Uno flaco, con impermeable claro.

—Estás contando patrañas, el comité lo forman tantas personas que nadie sabe quiénes son, y preparan la insurrección. Tú no sabes absolutamente nada.

—Si nadie sabe quiénes son, tú tampoco lo sabes.

A Pin no le gusta hablar con muchachos de esa edad porque quieren pasar por superiores y no le dan confianza y lo tratan como a un niño.

—Yo lo sé —dicc Lobo Rojo—, yo soy uno del *sim.*[*]

Otra palabra misteriosa: *¡sim! ¡gap!* Quién sabe cuántas palabras así habrá: a Pin le gustaría conocerlas todas.

—En cambio yo sé todo —dice—. Sé que tú te llamas también Gepeú.

—No es cierto —dice Lobo Rojo—, no hay que llamarme así.

—¿Por qué?

—Porque nosotros no hacemos la revolución so-

[*] S.I.M.: servicio de información militar. *(N de la T.)*

cial sino la liberación nacional. Cuando el pueblo haya liberado a Italia, pondremos a la burguesía frente a sus responsabilidades.

—¿Cómo? —dice Pin.

—Como suena. Pondremos a la burguesía frente a sus responsabilidades. Me lo explicó el comisario de brigada.

—¿Sabes quién es mi hermana? —Es una pregunta que no tiene nada que ver, pero Pin está harto de oír discursos que no se entienden y prefiere entrar en los temas habituales.

—No —contesta Lobo Rojo.

—Es la Negra del Carrugio Lungo.

—¿Y quién es?

—¡Cómo que quién es! Todos la conocen a mi hermana. La Negra del Carrugio Lungo.

Es increíble que un chico como Lobo Rojo nunca haya oído hablar de su hermana. En la ciudad vieja hasta los críos de seis años empiezan a hablar de ella y les explican a las niñas qué hace cuando va a la cama con los hombres.

—Así que no sabes quién es mi hermana. Esta si que es buena...

Pin quisiera llamar a los otros detenidos y empezar a hacerse el gracioso...

—Yo a las mujeres por ahora no las miro siquiera —dice Lobo Rojo—. Una vez terminada la insurrección, ya habrá tiempo...

—¿Y si te fusilan mañana? —dice Pin.

—Habrá que ver quién madruga a quién, si me fusilan ellos o si los fusilo yo.

—¿Qué quieres decir?

Lobo Rojo lo piensa un poco, después se inclina al oído de Pin:

—Tengo un plan que si me sale bien, antes de mañana me habré escapado y entonces todos estos cabrones fascistas que me han maltratado me las van a pagar uno por uno.

—Te escapas, ¿y a dónde vas?

—Al destacamento. Del Rubio. Y prepararemos una acción que se van a acordar.

—¿Me llevas contigo?

—No.

—Sííí, sé bueno, Lobo, llévame contigo.

—Me llamo Lobo Rojo —precisa el otro—. Cuando el comisario me dijo que Gepeú no estaba bien, le pregunté cómo podía llamarme, y me dijo: llámate Lobo. Entonces yo le dije que quería un nombre con algo rojo porque el lobo es un animal fascista. Y él me dijo: entonces llámate Lobo Rojo.

—Lobo Rojo —dice Pin—, oye, Lobo Rojo: ¿por qué no quieres llevarme contigo?

—Porque eres pequeño, por eso.

Al principio, por el asunto de la pistola robada, parecía que con Lobo Rojo se podía llegar a ser amigo de verdad. Pero ha seguido tratándolo como a un niño, y esto ataca los nervios. Con los otros muchachos de esa edad, Pin puede por lo menos hacer valer su superioridad hablando de las mujeres, pero con Lobo Rojo este tema no marcha. Y sin embargo sería magnífico estar en una banda con Lobo Rojo y hacer grandes explosiones para que se derrumben los puentes, y bajar a la ciudad disparando ráfagas de metralleta contra las patrullas.

Quizá sería aún mejor que la brigada negra. Sólo que la brigada negra tiene esas calaveras que pegan mucho más golpe que las estrellas tricolores.

Es algo que no parece verdadero estar allí hablando con alguien que tal vez mañana será fusilado, en esa terraza llena de hombres que comen acuclillados en el suelo, entre chimeneas que giran al viento y los centinelas en las torrecillas apuntando con sus metralletas. Parece un escenario encantado: todo alrededor, el parque con las sombras negras de las araucarias. Pin se ha olvidado casi de los golpes recibidos, y no está muy seguro de que no sea un sueño.

—¿En qué celda estás? —pregunta Lobo Rojo.

—No sé dónde me pondrán —dice Pin—, todavía no he estado.

—Me interesa saber dónde estás —dice Lobo Rojo.

—¿Por qué? —pregunta Pin.

—Ya lo sabrás.

A Pin le dan rabia esos que siempre le dicen: ya lo sabrás.

De pronto, en la fila de los detenidos le parece ver una cara conocida, muy conocida.

—Dime, Lobo Rojo, ¿conoces a ése, allí delante, seco, seco, que camina de esa manera...?

—Es un preso común. Olvídate de él. En los presos comunes no se puede confiar.

—¿Por qué? ¡Yo lo conozco!

—Son un proletariado sin conciencia de clase —dice Lobo Rojo.

4

—¡Pedroflaco!

—¡Pin!

Un carcelero lo ha acompañado a su celda y apenas se abre la puerta, Pin lanza un grito de estupor: había visto bien en la terraza: el detenido que caminaba con dificultad era de verdad Pedroflaco.

—¿Lo conoces? —pregunta el carcelero.

—¡Caray si lo conozco! ¡Es mi patrón!

—Bueno: aquí se traslada la firma —dice el carcelero y cierra. Hacía varios meses que Pedroflaco estaba dentro, pero al verlo Pin tiene la impresión de que han pasado años. Se ha quedado en la piel y los huesos, una piel amarilla que le cuelga del cuello en pliegues flojos y erizados de barba. Está sentado sobre una capa de paja, en un rincón de la celda, con los brazos caídos, como secos. Ve a Pin y los levanta: entre Pin y su patrón nunca ha habido más relación que gritos y golpes, pero ahora al encontrarlo allí y en ese estado, Pin se siente a la vez contento y conmovido.

Pedroflaco ha cambiado hasta en la manera de hablar:

—¡Pin! ¡También tú aquí, Pin! —dice con una voz ronca, quejumbrosa, sin insultos, y se ve que él también se alegra de verlo. Coge a Pin por las muñecas, pero no como antes para retorcérselas; lo mira con sus pupilas bordeadas de amarillo—: Estoy enfermo —dice—, muy enfermo, Pin. Estos bastardos no quieren mandarme a la enfermería. Ya no se entiende nada: ahora aquí no hay más que detenidos políticos y un día de éstos terminan por confundirme también a mí con un político y me llevan al paredón.

—A mí me pegaron —dice Pin y muestra las huellas.

—Entonces eres un político —dice Pedroflaco.

—Sí, sí —dice Pin—, un político.

Pedroflaco se queda pensando.

—Claro, claro, un político. Ya me lo decía yo cuando vi que empezabas a rondar por las cárceles. Porque cuando uno acaba en la cárcel una vez, no se libra más; tantas veces como lo suelten, otras tantas volverá a entrar. Es cierto que si eres un político la historia es otra. Mira, si lo hubiera sabido, yo también de joven me hubiera metido con los políticos. Porque con los delitos comunes no se arregla nada y el que roba poco termina preso, y el que roba mucho tiene villas y casas lujosas. Por delitos políticos uno también va a la cárcel, igual que por delitos comunes, cualquiera que haga algo va a la cárcel, pero por lo menos queda la esperanza de que un día el mundo sea mejor, sin cárceles. Esto me lo aseguró un preso político que estuvo en la cárcel conmigo hace muchos años, uno de barba negra, que murió. Porque yo conocí presos comunes, los conocí económicos, los conocí fiscales, conocí toda clase de hombres, pero valientes como los políticos nunca.

Pin no entiende bien el sentido de estas palabras pero Pedroflaco le da lástima y se queda muy quieto mirándole la carótida que sube y baja por el pescuezo.

—Mira, tengo una enfermedad que no me deja mear. Necesitaría que me cuidaran y estoy aquí echado en el suelo. En las venas ya no me circula la sangre sino pis amarillo. Y no puedo beber vino y quisiera tanto coger una mona que me dure una semana. Pin, el código penal se equivoca. Está escrito todo lo que uno no puede hacer en la vida: robo, homicidio, encubrimiento, apropiación indebida, pero no está escrito lo que, en ciertas situaciones, uno puede hacer en vez de hacer todo aquello. Pin, ¿me escuchas?

Pin le mira la cara amarilla, peluda como la de un perro, siente en la cara su aliento jadeante.

—Pin, me voy a morir. Tienes que jurarme una cosa. Debes decir juro a lo que diré. Juro que durante toda mi vida combatiré para que no haya más cárceles y para que se rehaga el código penal. Di: juro.

—Juro.

—¿Te acordarás, Pin?

—Sí, Pedroflaco —dice Pin.

—Ahora ayúdame a quitarme los piojos —dice Pedroflaco—, estoy lleno. ¿Sabes aplastarlos?

—Sí —dice Pin. Pedroflaco mira dentro de su camisa, le da una punta a Pin.

—Mira bien en las costuras —dice. Quitarle los

piojos a Pedroflaco no es divertido, pero Pedroflaco da lástima con esas venas llenas de pis amarillo y quizá le quede poco tiempo de vida.

—¿El taller, cómo anda el taller? —dice Pedroflaco. Ni el patrón ni el aprendiz han tenido jamás mucho amor al trabajo, pero ahora empiezan a hablar del trabajo atrasado, del precio del cuero y del hilo, de quién remendará los zapatos del barrio, ahora que están los dos dentro. Sentados sobre la paja, en un rincón de la celda, aplastan los piojos y hablan de medias suelas, de costuras, de broches, sin protestar contra el trabajo, cosa que jamás en la vida les había ocurrido.

—Di, Pedroflaco —dice Pin—, ¿por qué no ponemos un taller en la cárcel, para arreglarles los zapatos a los presos?

Pedroflaco no lo había pensado, en otros tiempos iba de buena gana a la cárcel porque podía comer sin hacer nada. Pero ahora la cosa le gustaría, si pudiera trabajar tal vez no se sentiría tan enfermo.

—Podemos tratar de presentar una solicitud. ¿Tú estarías de acuerdo?

Sí, Pin estaría de acuerdo, así el trabajo sería algo nuevo, algo descubierto por ellos, divertido como un juego. Incluso estar preso no sería desagradable, junto a Pedroflaco que no le pegaría más, y cantando canciones a los presos y a los guardianes.

En ésas un guardián abre la puerta y fuera está Lobo Rojo que lo señala a él, a Pin, y dice:

—Sí, ése es el tipo que yo digo.

Entonces el carcelero lo hace salir y cierra la

celda donde queda solo Pedroflaco. Pin no entiende qué quieren.

—Ven —dice Lobo Rojo—, me vas a echar una mano para llevar abajo un tonel de basuras.

En efecto, allí cerca en el pasillo hay un tonel metálico lleno de inmundicias. Pin piensa que es una crueldad obligar a Lobo Rojo, molido a golpes como lo han dejado, a hacer trabajos pesados y a que lo ayude él, que es un niño. El tonel es tan alto que a Lobo Rojo le llega al pecho, y tan pesado que cuesta transportarlo. Mientras están sopesándolo, Lobo Rojo le roza la oreja con los labios en un susurro:

—Estáte atento que ésta es la nuestra. —Y después, fuerte—: Te hice buscar en todas las celdas, necesito que me ayudes.

Esto es algo magnífico que Pin no se atrevía a esperar. Pero Pin se encariña en seguida con los lugares y hasta la prisión es un sitio que tiene sus atractivos; quizá le hubiera gustado quedarse un poco y después escapar tal vez con Lobo Rojo, pero no ahora que acaba de llegar.

—Puedo solo —dice Lobo Rojo a los carceleros que lo ayudan a cargar el barril sobre los hombros—. Me basta con que el chico lo sostenga desde atrás para que no se vuelque.

Echan a andar así: Lobo Rojo doblado en dos bajo la carga y Pin con los brazos levantados manteniendo firme el barril por el fondo.

—¿Sabes el camino para ir abajo? —le gritan detrás los carceleros—; ten cuidado de no caerte por las escaleras.

Apenas han doblado el primer rellano, Lobo Rojo le dice a Pin que lo ayude a apoyar el barril en el antepecho de una ventana: ¿ya está cansado? No: Lobo Rojo tiene que hablarle:

—Escucha: ahora en la terraza de abajo tú te adelantas y te pones a hablar con el centinela. Tienes que interesarlo para que no te quite los ojos de encima; tú eres pequeño y para hablarte tiene que agachar la cabeza, pero no te le acerques mucho, ¿entiendes?

—¿Y tú qué vas a hacer?

—Yo voy a ponerle el casco. Ya verás. El casco de Mussolini le voy a poner. ¿Has entendido lo que debes hacer?

—Sí —dice Pin, que sin embargo todavía no ha entendido nada—, ¿y después?

—Después te lo diré. Un momento: abre las manos.

Lobo Rojo saca un pedazo de jabón húmedo y le unta a Pin las palmas de las manos, después las piernas por el lado de adentro, especialmente las rodillas.

—¿Para qué? —pregunta Pin.

—Ya verás —dice Lobo Rojo—, he estudiado el plan en sus mínimos detalles.

Lobo Rojo pertenece a la generación que se ha educado con los álbumes de aventuras en colores, sólo que él se ha tomado todo en serio y hasta ahora la vida no lo ha desmentido. Pin lo ayuda a cargar de nuevo el barril sobre los hombros, y cuando llegan a la puerta de la terraza se adelanta para hablar con el centinela.

El centinela está en la balaustrada contemplando los árboles con aire triste. Pin se acerca con las manos en los bolsillos, y se siente a sus anchas: le ha vuelto el viejo espíritu de su *carrugio.*

—Eh —dice.

—Eh —repite el centinela.

Es una cara desconocida: un meridional triste con las mejillas llenas de tajos por la navaja de afeitar.

—Joder, mira un poco con quién vengo a encontrarme —exclama Pin—. Justamente hace poco me decía: dónde habrá ido a parar aquella vieja carroña y ahora, joder, mira dónde vengo a encontrarte.

El meridional triste lo mira tratando de despegar los párpados entrecerrados:

—¿Quién? ¿Quién eres?

—Joder, ¿ahora vas a decirme que no conoces a mi hermana?

El centinela empieza a olerse algo:

—Yo no conozco a nadie. ¿Eres un preso? Con los presos no puedo hablar.

¡Y Lobo Rojo que no llega!

—Cuéntasela a otro —dice Pin—. Quieres decir que desde que estás en el servicio no has ido nunca a ver a una morena de pelo rizado...

El centinela está perplejo:

—Sí que he ido. ¿Y qué hay con eso?

—¿Una que vive en un *carrugio* al que para llegar hay que dar vuelta a la derecha en una plaza, detrás de una iglesia, que se llega por una escalera?

El centinela parpadea:

—¿Cómo?

Pin piensa: «¡Vas a ver como al fin resulta que ha ido!».

Ahora es cuando debería llegar Lobo Rojo: ¿no podrá cargar solo con el barril?

—Ahora te explico —dice Pin—. ¿Sabes dónde está la plaza del Mercado?

—Mmm... —hace el centinela y mira para otro lado: la cosa no marcha, hay que encontrar algo más interesante, pero si Lobo Rojo no llega, el esfuerzo es inútil.

—Espera —dice Pin. El centinela gira un poco los ojos hacia él.

—Tengo una fotografía en el bolsillo. Ahora te la muestro. Te muestro sólo un pedazo. La cabeza. Sí, porque si te muestro todo, esta noche no duermes.

El centinela se inclina hacia él y ha conseguido abrir completamente los ojos, dos ojos de animal cavernícola. Entonces Lobo Rojo aparece en el vano de la puerta; está encorvado bajo el tonel de basuras, pero camina en puntas de pies. Pin saca de un bolsillo las dos manos juntas y las hace girar un poco en el aire, como si escondiera algo:

—¡Ji, ji! ¡Te gustaría, eh!

Lobo Rojo se acerca a pasos largos y silenciosos. Pin empieza a deslizar una mano sobre la otra, despacio, despacio. Lobo Rojo está ya detrás del centinela. El centinela mira las manos de Pin: están enjabonadas ¿y por qué? ¿Y esa fotografía que no aparece nunca? De pronto un alud de basuras le cae sobre la cabeza, no sólo un alud, algo que lo aplasta y lo rodea en medio de las basuras; se ahoga pero no puede liberarse; ha quedado prisionero, él con su fusil. Se cae y siente que se ha vuelto cilíndrico y que rueda por la terraza.

Mientras tanto Lobo Rojo y Pin saltan por encima de la balaustrada.

—¡Aquí! —dice Lobo Rojo a Pin—. Agárrate de aquí y no aflojes —y le señala la tubería de desagüe de un canalón. Pin tiene miedo, pero Lobo Rojo casi lo arroja al vacío y se ve obligado a aferrarse a la tubería. Las manos y las rodillas enjabonadas resbalan, es casi como bajar por el pasamanos de una escalera, sólo que da mucho más miedo, y no hay que mirar abajo ni soltarse de la tubería.

En cambio Lobo Rojo ha dado un salto en el vacío, ¿se quiere matar? No, quiere alcanzar las ramas de una araucaria cercana y agarrarse a ellas. Pero las ramas se le rompen en la mano y se precipita en medio de un crujir de maderas y de una lluvia de hojitas como agujas; Pin siente que la tierra se va acercando y no sabe si tiene más miedo por sí mismo o por Lobo Rojo, que tal vez se ha matado. Toca tierra a riesgo de romperse las piernas y de pronto, a los pies de la araucaria, ve a Lobo Rojo tendido en el suelo bajo una montaña de pequeñas ramas.

—¡Lobo! ¿Te has hecho daño? —pregunta.

Lobo Rojo levanta la cara y no se sabe ya cuáles son las desolladuras del interrogatorio y cuáles las de la caída. Echa una ojeada alrededor. Se oyen disparos.

—¡Larguémonos! —dice Lobo Rojo.

Se levanta cojeando un poco, pero echa a correr.

—¡Larguémonos! —sigue repitiendo—. ¡Por aquí!

Lobo Rojo conoce los parajes y ahora guía a Pin por el parque abandonado, invadido por trepadoras silvestres y hierbas espinosas. Desde la torrecilla disparan con los fusiles contra ellos, pero el parque es todo setos y coníferas y se puede avanzar a cubierto. Pin, sin embargo, no está seguro de no haberse hecho daño, sabe que la herida no se siente en seguida, hasta que de pronto uno se desploma. Lobo Rojo lo ha hecho pasar por una puertecita, atravesar un viejo invernadero, saltar una pared.

De pronto la penumbra del parque se disipa y entonces se abre ante sus ojos un escenario luminoso, de colores vivísimos, como cuando se revela una calcomanía. Movidos por el miedo se arrojan al suelo: delante de ellos se ensancha el páramo de la colina y todo alrededor, grandísimo y calmo, el mar.

Se han metido en un campo de claveles, arrastrándose para que no los vean unas mujeres con grandes sombreros de paja que están en el centro de la extensión geométrica de tallos grises, regando. Detrás de un gran depósito de cemento con agua, hay un hueco donde se acumulan las esteras dobladas que en invierno se extienden sobre los claveles para que no se hielen.

—Aquí —dice Lobo Rojo. Se esconden detrás del depósito y se cubren con las esteras para que no los vean—. Tenemos que esperar la noche —agrega.

Pin se ve de pronto colgado del canalón o piensa en los disparos de los centinelas y suda frío. Es casi más espantoso recordar esas cosas que vivirlas; pero junto a Lobo Rojo no se puede tener miedo. Es magnífico estar sentado con Lobo Rojo detrás del depósito: parece el juego del escondite. Sólo que no hay diferencia entre el juego y la vida, y uno está obligado a jugar en serio, como le gusta a Pin.

—¿Te has hecho daño, Lobo Rojo?

—No mucho —dice Lobo Rojo, pasándose el dedo con saliva por las desolladuras—, las ramas al romperse frenaron la caída. Lo había calculado todo. ¿Y a ti cómo te fue, con el jabón?

—Joder, Lobo Rojo, ¿sabes que eres un fenómeno? ¿Cómo haces para saber todas esas cosas?

—Un comunista debe saber de todo —responde el otro—; un comunista debe saber arreglárselas en cualquier dificultad.

«Es un fenómeno», piensa Pin. «Lástima que se dé tantos aires.»

—Lo único que lamento —dice Lobo Rojo— es estar desarmado. No sé qué pagaría por una *Sten*.

Sten: otra palabra misteriosa. *Sten, gap, sim,* ¿cómo hacer para recordarlas todas? Pero esta observación llena a Pin de alegría; ahora él también podrá darse aires.

—En cambio yo ni lo pienso —dice—. La pistola la tengo y nadie me la va a tocar.

Lobo Rojo lo mira de reojo, tratando de no demostrar demasiado interés:

—¿Tienes una pistola?

—Hm, hm —masculla Pin.

—¿Qué calibre? ¿Qué marca?

—Una pistola verdadera. De marinero alemán. Se la cogí yo. Por eso me metieron en chirona.

—Dime cómo es.

Pin trata de explicárselo, y Lobo Rojo describe todos los tipos de pistola que existen y decide que la de Pin es una P.38. Pin se entusiasma: ¡pe-treinta y ocho, qué nombre bonito, pe-treinta y ocho!

—¿Dónde la tienes? —dice.

—En un lugar —contesta Pin.

Ahora Pin tiene que decidir si le habla a Lobo Rojo de los nidos de araña. Cierto que Lobo Rojo es un muchacho fenomenal capaz de hacer todas las cosas imaginables; pero el lugar de los nidos de araña es un gran secreto y para revelarlo hay que ser verdaderos amigos en todo y para todo. Quizá, pese a todo, Lobo Rojo no le cae simpático a Pin: es demasiado diferente de todos los demás, grandes y chicos: dice siempre cosas serias y no se interesa por su hermana. Si se interesara por los nidos de araña sería muy simpático, aunque no se interesase por su hermana: en el fondo Pin no entiende por qué todos los hombres se interesan tanto por su hermana, que tiene dientes de caballo y las axilas negras de pelos, pero los grandes cuando hablan con él terminan siempre por sacar a relucir a su hermana, y Pin se ha convencido de que es lo más importante del mundo, y que él es una persona importante porque es hermano de la Negra del Carrugio Lungo. Pero está convencido de que los nidos de araña son más interesantes que su hermana y que todos los asuntos de hombres y mujeres, pero no encuentra a nadie que entienda estas cosas; si lo encontrara sabría perdonarle incluso su desinterés por la Negra.

Le dice a Lobo Rojo:

—Yo conozco un lugar donde hacen su nido las arañas.

Lobo Rojo contesta:

—Yo quiero saber dónde tienes la P.38.

Pin dice:

—Bueno, pues allí.

—Explícamelo.

—¿Quieres saber cómo son los nidos de araña?

—Quiero que me des la pistola.

—¿Por qué? Es mía.

—Eres un chico que se interesa por los nidos de araña, ¿para qué te sirve la pistola?

—Es mía, joder, y si quiero la arrojo al zanjón.

—Eres un capitalista —dice Lobo Rojo—. Los capitalistas razonan así.

—Ojalá te mueras —dice Pin—. Un... ojalá te ahogues.

—¿Por qué hablas tan alto, estás loco? Si nos oyen, estamos perdidos.

Pin se aparta de Lobo Rojo y se quedan callados un rato. No será más amigo suyo, Lobo Rojo lo ha sacado de la cárcel pero es inútil, no conseguirán hacerse amigos. Sin embargo Pin tiene miedo de quedarse solo, y ese asunto de la pistola lo une fuertemente a Lobo Rojo, así que es mejor no cortar los puentes.

Ve que Lobo Rojo ha encontrado un trozo de carbón y empieza a escribir algo en el cemento del depósito. Coge él también un trozo de carbón y comienza a hacer dibujos groseros: un día llenó todas las paredes del *carrugio* de dibujos tan groseros que el párroco de San Giuseppe protestó ante el ayuntamiento, que dio orden de repintar. Pero Lobo Rojo está muy atento a lo que escribe y no se fija en él.

—¿Qué estás escribiendo? —pregunta Pin.

—Muerte a los nazifascistas —dice Lobo Rojo—. No podemos perder así el tiempo. Aquí se puede hacer un poco de propaganda. Coge un carbón y escribe tú también.

—Ya escribí —dice Pin y señala los dibujos obscenos.

Lobo Rojo se pone furioso y empieza a borrarlos.

—¿Estás loco? ¡Bonita propaganda nos hacemos!

—¿Pero qué propaganda quieres hacer, quién quieres que venga a leer en este nido de lagartijas?

—Calla: pensé en dibujar una serie de flechas en el depósito y después en la pared, hasta la calle. Uno sigue las flechas, llega aquí y lee.

Este es otro de los juegos que Lobo Rojo sabe jugar solo, juegos complicadísimos, apasionantes, pero que no hacen reír.

—¿Y qué hay que escribir: Viva Lenin?

Hace años, en el *carrugio* había una inscripción que reaparecía siempre. Viva Lenin. Iban los fascistas a borrarla y al día siguiente volvía a aparecer. Y un día arrestaron a Fransé el carpintero y la inscripción no volvió a verse. De Fransé dicen que murió en una isla.

—Escribe: Viva Italia, Viva Naciones Unidas —dice Lobo Rojo.

A Pin no le gusta escribir. En la escuela le pegaban en los dedos, y la maestra vista desde debajo del pupitre tenía las piernas torcidas. Además siempre le sale mal la W.* Mejor buscar alguna palabra más fácil. Pin lo piensa un poco, y empieza: una ce, una u, una ele...

Los días empiezan a alargarse y no oscurece nunca. De vez en cuando Lobo Rojo se mira una mano, y esa mano es su reloj: cada vez que la mira la ve más oscura, cuando sólo vea una sombra negra será señal de que es de noche y se puede salir. Ha hecho las paces con Pin y Pin lo llevará al sendero de los nidos de araña, a desenterrar la pistola. Lobo Rojo se pone de pie: ya ha oscurecido bastante.

—¿Vamos? —dice Pin.

—Espera —contesta Lobo Rojo—. Yo voy a explorar y después vuelvo a buscarte. De a uno es menos peligroso.

A Pin no le gusta quedarse solo, pero por otro lado tendría miedo de salir así, sin saber qué hay fuera.

—Oye, Lobo Rojo —pregunta Pin—, no irás a plantarme aquí solo, ¿eh?

—Quédate tranquilo —dice Lobo Rojo—, te doy mi palabra de que vuelvo. Después vamos a por la P.38.

Pin se queda solo y espera. Ahora que no está Lobo Rojo todas las sombras cobran formas extrañas, todos los ruidos parecen pasos que se acercan. Es el marinero que se desgañita en alemán en lo alto del *carrugio* y ahora viene hasta allí a buscarlo. Está

* W: abreviatura italiana de Viva. *(N. de la T.)*

desnudo, en camiseta, y dice que Pin le ha robado también los pantalones. Después viene el oficial con su carita de nene, con un perro de policía en traílla, azotándolo con el cinturón de la pistola. Y el perro de policía tiene la cara del intérprete de los bigotes de ratón. Llegan a un gallinero y Pin tiene miedo de ser el que está escondido en aquel gallinero. Pero no: entran y descubren al plantón que acompañó a Pin a la prisión, encogido como una gallina, quién sabe por qué.

Y entonces al escondrijo de Pin se asoma una cara conocida que le sonríe: ¡es Mishel el Francés! Pero Mishel se pone el sombrero y su sonrisa se transforma en mueca: ¡es la gorra de la brigada negra con la calavera! ¡Entonces llega por fin Lobo Rojo! Pero un hombre le da alcance, un hombre de impermeable claro, lo coge por un codo y hace un gesto de que no, señalando a Pin, con su expresión descontenta: es Comité. ¿Por qué no quiere que Comité vaya a buscarlo? Señala los dibujos en el depósito, dibujos enormes que representan a la hermana de Pin acostada con un alemán! Detrás del depósito hay un montón de basuras: Pin no lo había advertido antes. Ahora quiere hacerse un escondrijo en medio de las basuras, pero al escarbar toca una cara humana: ¡es un hombre vivo enterrado en la basura, el centinela con su triste cara llena de tajos por la navaja de afeitar!

Pin se despierta sobresaltado: ¿cuánto habrá dormido? A su alrededor es noche cerrada. Y Lobo Rojo, ¿por qué no ha vuelto todavía? ¿Habrá encontrado una patrulla y lo habrán apresado? O habrá vuelto y lo habrá llamado y se habrá ido creyendo que no estaba. O tal vez estén registrando los campos de los alrededores en busca de los dos y no se puede dar un paso.

Pin sale de detrás del depósito: el croar de las ranas nace de la amplia garganta del cielo, el mar es una gran espada reluciente en el fondo de la noche. Estar al aire libre le da una sensación extraña de pequeñez que no es miedo. Ahora Pin está solo, solo en el mundo. Y camina por los campos plantados de claveles y caléndulas. Trata de mantenerse en lo alto de las laderas de las colinas, para pasar por encima de la zona de los Comandos. Después bajará al zanjón: aquellos son sus pagos.

Tiene hambre: en esta época las cerezas están maduras. Ahí hay un árbol, lejos de las casas: ¿ha aparecido por encantamiento? Pin se trepa entre las ramas y empieza a limpiarlas diligentemente. Un gran pájaro emprende el vuelo casi entre sus manos: dormía allí. Pin se siente amigo de todos en ese momento, y lamenta haberlo molestado.

Cuando siente que el hambre se ha calmado un poco, se llena los bolsillos de cerezas, baja y reanuda el camino escupiendo los huesos. Después piensa que los fascistas pueden seguir las huellas de los huesos de cereza y alcanzarlo. Pero nadie será tan astuto para pensarlo, nadie salvo una persona en el mundo: ¡Lobo Rojo! Eso es: ¡si Pin deja una huella de huesos de cereza, Lobo Rojo llegará a encontrarlo, donde quiera que esté! Basta dejar caer un hueso cada veinte pasos. Ya está: al doblar la esquina de ese pretil, Pin comerá una cereza, después otra junto a la vieja almazara, otra después del níspero, y así sucesivamente hasta llegar al sendero de los nidos de araña. Pero todavía no ha llegado al zanjón y ya se le han acabado las cerezas: Pin se da cuenta entonces de que Lobo Rojo no lo encontrará nunca.

Pin camina por el lecho del zanjón casi seco, entre grandes piedras blancas y el crujido de papel de las cañas. En el fondo de los charcos duermen las anguilas, largas como un brazo humano; desagotando el agua se las puede atrapar con la mano. En la desembocadura del torrente, en la ciudad vieja cerrada como una piña, duermen los hombres borrachos y las mujeres saciadas de amor. La hermana de Pin duerme sola o en compañía y ya se ha olvidado de él, no piensa si estará vivo o muerto. Sobre la paja de la celda su patrón Pedroflaco es el único que vela, ya próximo a la muerte, con la sangre que se le vuelve amarilla como pis.

Pin ha llegado a sus pagos: ahí está la acequia, ahí el atajo con los nidos. Reconoce las piedras, mira si la tierra ha sido removida: no, no han tocado nada. Cava con las uñas, con ansiedad un poco voluntaria: tocar la cartuchera le da una emoción suave, como cuando de pequeño tocaba un juguete metido debajo de la almohada. Extrae la pistola y pasa el dedo por las canaladuras para quitarle la tierra. Del cañón sale a toda velocidad una arañita: ¡se había hecho un nido dentro!

Es magnífica su pistola: es lo único que le queda en el mundo. Pin empuña la pistola y se imagina que es Lobo Rojo, trata de pensar qué haría

Lobo Rojo si tuviera esa pistola en la mano. Pero eso le recuerda que está solo, que no puede pedir ayuda a nadie, ni a los de la taberna, tan ambiguos e incomprensibles, ni a su hermana traidora, ni a Pedroflaco encarcelado. Ni sabe qué hacer con la pistola: no sabe cómo se carga; si lo encuentran con la pistola encima seguramente lo matarán. Vuelve a meterla en la cartuchera y la cubre de piedras y tierra y hierbas. Ahora no le queda sino echar a andar al azar por los campos, y no sabe en absoluto qué hacer.

Empieza a seguir la acequia: caminando por el sendero en la oscuridad es fácil perder el equilibrio y meter un pie en el agua de la cuneta o caer en el bancal de abajo. Pin concentra todos sus pensamientos en el esfuerzo de mantener el equilibrio: así piensa dejar atrás las lágrimas que ya le pesan en la concavidad de las órbitas. Pero el llanto lo alcanza y le nubla las pupilas y le empapa el velo de los párpados, primero como una llovizna silenciosa, después como un aguacero que arrecia en un martilleo de sollozos que le bajan por la garganta. Mientras el chico camina llorando, una gran sombra masculina surge frente a él, en la acequia. Pin se detiene y el hombre también se detiene.

—¿Quién vive? —dice el hombre.

Pin no sabe qué contestar, las lágrimas se le agolpan y prorrumpe en un llanto total, desesperado.

El hombre se acerca: es grande y fornido, vestido de civil y armado con una metralleta, con una manta arrollada en bandolera.

—Eh, ¿por qué lloras? —dice.

Pin lo mira: es un hombrón de cara chata como un mascarón de fuente: tiene un par de bigotes caídos y unos pocos dientes en la boca.

—¿Qué haces aquí, a esta hora? —pregunta el hombre—, ¿te has perdido?

Lo más extraño del hombre es el gorro, un gorrito de lana con ribete bordado y un pompón en lo alto, no se sabe de qué color.

—Te has perdido: ¡yo a tu casa no te puedo acompañar, con las casas yo tengo poco que ver, no puedo siquiera acompañar a un niño perdido!

Dice todo esto casi para justificarse, más para sí mismo que para Pin.

—No estoy perdido —dice Pin.

—¿Y entonces qué haces dando vueltas por aquí? —pregunta el hombre del gorro de lana.

—Primero dime qué haces tú.

—Muy bien —dice el hombre—. No eres tonto. Ya ves que no eres tonto, ¿entonces por qué lloras? Yo salgo a matar gente por las noches. ¿Tienes miedo?

—Yo no, ¿eres un asesino?

—Eso es: ahora ni los niños tienen miedo de los que matan gente. No soy un asesino, pero mato igual.

—¿Ibas a matar a un hombre, ahora?

—No. Vuelvo.

Pin no tiene miedo porque sabe que hay quien mata y sin embargo es bueno: Lobo Rojo habla siempre de matar y sin embargo es bueno, el pintor que vivía frente a su casa mató a su mujer y sin embargo era bueno. Mishel Francés también hubiera matado gente y seguiría siendo Mishel Francés. Además el hombrón del gorrito de lana habla de matar con tristeza, como si lo hiciera por castigo.

—¿Conoces a Lobo Rojo? —pregunta Pin.

—Pardiez si lo conozco; Lobo Rojo es uno de los del Rubio. Yo soy del Trucha. ¿Y tú cómo lo conoces?

—Estaba con él, con Lobo Rojo, y lo perdí. Nos escapamos de la cárcel. Le encajamos el casco al centinela. A mí primero me azotaron con el cinturón de la pistola. Porque se la robé al marinero de mi hermana. Mi hermana es la Negra del Carrugio Lungo.

El hombrón del gorrito de lana se pasa un dedo por los bigotes:

—Ya ya ya ya... —dice en su esfuerzo por entender toda la historia de una vez—. ¿Y ahora a dónde quieres ir?

—No lo sé —dice Pin—. ¿Adónde vas tú?

—Yo voy al campamento.

—¿Me llevas? —dice Pin.

—Ven. ¿Has comido?

—Cerezas —dice Pin.

—Bien. Aquí tienes pan —y saca del bolsillo el pan y se lo da.

Van caminando por un campo de olivos. Pin muerde el pan: todavía le ruedan algunas lágrimas por las mejillas y las traga junto con el pan masticado. El hombre lo ha cogido de la mano: es una mano grandísima, caliente y suave, parece hecha de pan.

—Bueno, veamos qué ha pasado... Al principio de todo, me dijiste, hay una mujer...

—Mi hermana. La Negra del Carrugio Lungo —dice Pin.

—Naturalmente. Al principio de todas las historias que acaban mal hay una mujer, no falla nunca. Tú eres joven, escucha lo que te digo: la guerra es culpa de las mujeres...

5

Al despertar Pin ve el cielo recortado entre las ramas del bosque, tan claro que casi hace daño mirarlo. Es de día, un día sereno y libre, con cantos de pájaros.

El hombrón ya está de pie a su lado y enrolla la manta que le ha quitado de encima.

—Vamos, rápido, que es de día —dice. Caminaron casi toda la noche. Subieron por los olivares, después por terrenos yermos, después por oscuros bosques de pinos. Hasta han visto lechuzas, pero Pin no tenía miedo porque el hombrón del gorrito de lana lo llevaba siempre de la mano.

—Te estás cayendo de sueño, muchacho —le decía el hombrón, llevándolo a rastras—, ¿no pretenderás que te cargue en brazos?

Efectivamente, a Pin le costaba tener los ojos abiertos y de buena gana se hubiera dejado caer en el mar de helechos que crecen entre los árboles, hasta quedar sumergido por ellos. Era casi de mañana cuando los dos llegaron a la explanada de una carbonería y el hombrón dijo:

—Aquí podemos hacer un alto.

Pin se tendió en la tierra fuliginosa y vio como en un sueño que el hombrón lo cubría con su manta, y después iba y venía con leña, la partía y encendía el fuego.

Ahora es de día y el hombrón está meando sobre las cenizas apagadas; también Pin se levanta y se pone a mear cerca de él. Mientras tanto mira al hombre a la cara: todavía no lo ha visto bien a la luz. A medida que las sombras se disipan en el bosque y en los ojos todavía pegados por el sueño, Pin seguirá descubriendo en él algún detalle nuevo: es más joven de lo que parecía y hasta de proporciones más normales; tiene los bigotes rojizos y los ojos azules, y un aire de mascarón con su gran boca desdentada y su nariz chata.

—Dentro de poco llegamos —le dice a Pin de vez en cuando mientras caminan por el bosque. No es de muchas palabras, y a Pin no le disgusta caminar junto a él en silencio: en el fondo está un poco intimidado por ese hombre que da vueltas solo por las noches matando gente, y es tan bueno con él y lo protege. A Pin la gente buena siempre lo ha perturbado: no se sabe cómo tratarla y uno tiene ganas de hacerle bromas para ver cómo reacciona. Pero con el hombrón del gorrito de lana es diferente, porque es un tipo que quién sabe cuánta gente ha matado y puede permitirse ser bueno sin remordimientos.

No sabe hablar más que de la guerra, que no termina nunca, y de sí mismo, que después de pasarse siete años con los cazadores alpinos, está obligado a seguir dando vueltas con las armas encima y termina diciendo que las únicas que están bien en estos tiempos son las mujeres y que él ha andado por todos los países y ha comprendido que son la peor raza que existe. A Pin no le interesa esta clase de conversación, son las cosas que suelen decir todos en estos tiempos; pero de las mujeres Pin nunca ha oído hablar así: no es alguien como Lobo Rojo que no se interesa por las mujeres: parece conocerlas bien, pero es como si tuviera con ellas cuentas personales que arreglar.

Han dejado atrás los pinos y ahora andan debajo de los castaños.

—Dentro de poco —dice el hombre— habremos llegado de verdad.

En efecto, poco después encuentran un mulo con arreos pero sin albarda que pasta por cuenta propia.

—Me pregunto si es manera de dejar suelto a un mulo para que se vaya al carajo —dice el hombre—. Ven aquí, Corsario, ven, guapo.

Lo coge por el bozal y lo lleva a rastras. Corsario es un viejo mulo desollado, dócil y paciente. Entre tanto han llegado a un claro del bosque, donde hay una choza de ésas que sirven para ahumar las castañas. No se ve alma viva y el hombre se detiene y Pin también.

—¿Qué pasa? —pregunta el hombre—, ¿se han marchado todos?

Pin comprende que tal vez es como para tener miedo, pero no sabe cuál es la situación y no llega a asustarse.

—¡Eh! ¿Quién anda ahí? —dice el hombre, pero no muy fuerte, dejando deslizar la metralleta del hombro.

Entonces de la choza sale un hombrecito con

un saco. Los ve llegar, arroja el saco al suelo y empieza a batir palmas:

—¡Oh, salud, Primo! ¡Hoy vamos a tener baile!

—¡Zurdo! —exclama el compañero de Pin—, ¿dónde diablos están todos los demás?

El hombrecito se les acerca frotándose las manos.

—Tres camiones, tres camiones llenos que vienen subiendo por la carretera. Los avistaron esta mañana y todo el batallón les ha salido al encuentro. Dentro de poco vamos a tener baile.

Es un hombrecito de marinera y con un sombrerito de piel de conejo en el cráneo calvo; a Pin le parece un gnomo que vive en esa casita en medio del bosque.

El hombre fornido se pasa el dedo por los bigotes:

—Bien —dice—, tendré que ir yo también a echar una mano.

—Si llegas a tiempo —dice el hombrecito—. Yo me he quedado a hacer la comida. Estoy seguro de que a mediodía los habrán dejado fuera de combate y estarán de vuelta.

—Podrías vigilar también al mulo, ya que estabas en ésas —dice el otro—; si no llego a encontrarlo, se va hasta la playa.

El hombrecito ata al mulo, después mira a Pin.

—¿Y ése quién es? ¿Has hecho un hijo, Primo?

—Antes que hacer un hijo, preferiría arrancarme el alma —dice el hombrón—. Es un chico que está con Lobo Rojo y ha perdido a su banda.

No es exactamente así, pero Pin se alegra de que lo presenten de esa manera, y tal vez el hombrón lo ha dicho a propósito, para dejarlo bien parado.

—Ven, Pin —dice el hombrón—, éste es el Zurdo, el cocinero del destacamento. Respétalo porque es un viejo y porque si no, no te dará las sobras del rancho.

—Oye, recluta de la revolución —dice el Zurdo—, ¿sabes mondar patatas?

Pin quisiera contestarle con algunas palabrotas, como se hace para trabar relación, pero no encuentra ninguna y contesta:

—¡Claro que sí!

—Bueno, justamente necesitaba un ayudante de cocina —dice el Zurdo—, espera que voy a buscar los cuchillos. —Y desaparece en la choza.

—Oye, ¿ése es primo tuyo? —pregunta Pin al hombre grande.

—No, el Primo soy yo, todos me llaman así.

—¿Yo también?

—¿También qué?

—Si puedo llamarte Primo yo también.

—Por supuesto: es un nombre como cualquier otro.

A Pin le gusta esto. Prueba en seguida:

—¡Primo! —dice.

—¿Qué quieres?

—Primo, ¿para qué vienen los camiones?

—Para liquidarnos. Pero nosotros les salimos al encuentro y los liquidamos a ellos. Así es la vida.

—¿Tú también vas, Primo?

—Claro, tengo que ir.

—¿Y no estás cansado de caminar?

—Hace siete años que camino y que duermo con

los zapatos puestos. Si me muero, me moriré con los zapatos puestos.

—Siete años sin quitarte los zapatos, joder, Primo, ¿y no te apestan los pies?

Entre tanto ha vuelto el Zurdo, pero no sólo trae los cuchillos para las patatas: posado en su hombro hay un pajarraco con las alas mochas, sujeto por una pata a una cadenita como si fuera un papagayo.

—¿Qué es? ¿Qué es? —pregunta Pin acercando un dedo al pico. El pájaro tuerce los ojos amarillos y le asesta súbitamente un picotazo.

—¡Ja, ja! —se ríe el Zurdo—. ¡Por poco te quedas sin dedo, compañero! ¡Ten cuidado, que Babeuf es un halconcillo vengativo!

—¿De dónde lo has sacado, Zurdo? —pregunta Pin, que aprende cada vez más a no fiarse ni de los grandes ni de sus animales.

—Babeuf es un veterano de las bandas. Lo atrapé en su nido cuando era así de pequeño y es la mascota del destacamento.

—Hubiera sido mejor que lo dejaras libre de ser un ave rapaz —dice el Primo—, es una mascota que trae más mala suerte que un cura.

Pero el Zurdo se lleva una mano a la oreja para que se callen.

—Ta-tatá... ¿habéis oído?

Escuchan: en el fondo del valle se oyen disparos. Ráfagas, ta-pum y algún estallido de bomba de mano.

El Zurdo se golpea la mano con un puño con su risita agria:

—Ya empezó, ya empezó, yo digo que los liquidamos a todos.

—Bueno. Si nos quedamos aquí liquidaremos a pocos. Voy a echar un vistazo —dice el Primo.

—Espera —dice el Zurdo—. ¿No comes unas castañas? Han sobrado de esta mañana. ¡Giglia!

El Primo alza bruscamente la cabeza:

—¿A quién estás llamando? —dice.

—A mi mujer —contesta el Zurdo—. Está aquí desde anoche. En la ciudad la andaba buscando la brigada negra.

En el umbral de la choza aparece en efecto una mujer, oxigenada y todavía joven, aunque un poco ajada.

El Primo ha arrugado el entrecejo y se alisa los bigotes con un dedo.

—¡Hola, Primo! —dice la mujer—. Vine a refugiarme por un momento. —Y se acerca con las manos en los bolsillos: lleva pantalones largos y una camisa de hombre.

El Primo le echa una ojeada a Pin. Pin entiende: si empiezan a traer aquí a las mujeres, la cosa va a terminar mal. Y está orgulloso de que haya secretos entre él y el Primo, secretos transmitidos con ojeadas, secretos sobre asuntos de mujeres.

—Has venido a traernos el buen tiempo —dice el Primo, con cierta amargura, apartando la mirada y señalando el valle donde siguen oyéndose disparos.

—¿Y qué mejor tiempo quieres que éste? —dice el Zurdo—. Oye cómo canta la *pesada,* oye los disparos de las ametralladoras, ¡qué follón! Giglia, dale una taza de castañas, que quiere bajar.

Giglia mira al Primo con una extraña sonrisa. Pin

observa que tiene los ojos verdes y mueve el cuello como el espinazo de un gato.

—No es el momento —dice el Primo—. De verdad tengo que ir. Preparad la comida. Salud, Pin.

Y se aleja con la manta arrollada al hombro y la metralleta preparada.

Pin quisiera seguir al Primo y andar siempre con él, pero tiene los huesos molidos después de tantas peripecias y los disparos en el fondo del valle le inspiran un vago temor.

—¿Quién eres, pequeño? —dice Giglia, pasándole la mano por la greña hirsuta, a pesar de que Pin se sacude porque nunca ha soportado las caricias de las mujeres. Además le fastidia que le llamen pequeño.

—Soy tu hijo: ¿no te diste cuenta, anoche, de que me estabas pariendo?

—¡Bien contestado! ¡Bien contestado! —grazna el Zurdo afilando los cuchillos uno con otro y enfureciendo al halconcillo hasta enloquecerlo—. A un guerrillero no se le pregunta quién es. Soy hijo del proletariado, dile, mi patria es la Internacional, mi hermana es la revolución.

Pin mira de reojo, haciendo un guiño:

—¿Qué? ¿Tú también conoces a mi hermana?

—No le hagas caso —dice Giglia—. Con la revolución permanente les ha dado la lata a todos los de las bandas, y hasta los comisarios políticos le llevan la contra: ¡trotskista, eso es lo que le dicen, trotskista!

¡Trotskista: otra palabra nueva!

—¿Qué quiere decir? —pregunta Pin.

—Yo no sé qué quiere decir —contesta Giglia—,

pero no hay duda de que es una palabra que le queda como pintada: ¡trotskista!

—¡Estúpida! —le grita el Zurdo—. ¡Yo no soy un trotskista! ¡Si has venido a mortificarme, vuélvete enseguida a la ciudad y así te atrape la brigada negra!

—¡Puerco egoísta! —dice Giglia—, por culpa tuya...

—¡Calla! —exclama el Zurdo—. Déjame escuchar: ¿por qué no sigue cantando la *pesada*?

En efecto, la *pesada*, que hasta ese momento había disparado sin interrupción, de pronto ha cesado.

El Zurdo mira a su mujer, preocupado:

—¿Qué habrá pasado: municiones agotadas?

—... o habrá muerto el artillero... —dice Giglia con aprensión. Los dos aguzan los oídos un momento, después se miran y el rencor reaparece en sus caras.

—¿Y entonces? —dice el Zurdo.

—Estaba diciendo —vuelve a gritar Giglia—, que por culpa tuya tuve que vivir meses enteros con el corazón en la boca y ahora no quieres que me refugie aquí.

—¡Perra! —dice el Zurdo— ¡Perra! ¡Si he venido a la montaña es porque... ¡Ah! ¡Vuelve a empezar!

La *pesada* recomienza; ráfagas breves, espaciadas.

—Menos mal —dice Giglia.

—¡... es porque —grita el otro— no podía seguir viviendo en casa contigo, con todas las que me hacías pasar!

—¿Ah, sí? ¿Y cuando termine esta guerra y vuelvan a zarpar los barcos y yo no te vea más de dos o tres veces por año?... Oye, ¿qué son esos disparos?

El Zurdo escucha, turbado:

—Se diría que es mortero...

—¿Nuestro o de ellos?

—Déjame escuchar: ese disparo es de partida... ¡Son ellos!

—Es de llegada: viene de más abajo, son los nuestros...

—¡Siempre contradiciéndome! ¡Ojalá me hubiera ido donde yo sé el día que te conocí! Sí, son efectivamente los nuestros... menos mal, Giglia, menos mal...

—Ya te lo dije: ¡trotskista, eso es lo que eres: trotskista!

—¡Oportunista! ¡Traidora! ¡Cochina menchevique!

Pin disfruta como un cerdo: está en su elemento. En el *carrugio* había peleas entre marido y mujer que duraban días enteros, y él se pasaba horas siguiéndolas debajo de las ventanas como si escuchara la radio, sin perder una réplica; de vez en cuando intervenía con una ocurrencia que gritaba a voz en cuello, tanto que los adversarios a veces dejaban de pelearse y se asomaban al mismo alféizar para insultarlo.

Aquí todo es mucho mejor: en medio del bosque, con el acompañamiento de los disparos y con palabras nuevas y coloridas.

Ahora todo está tranquilo, en el fondo del valle la batalla parece terminada, y los dos cónyuges se miran preocupados, ya sin voz.

—¡Joder, no vais a acabar tan pronto! —dice Pin—. ¿Habéis perdido el hilo?

Los dos se quedan mirando a Pin, después se miran el uno al otro para ver si alguno está por decir algo y replicar en seguida lo contrario.

—¡Están cantando! —exclama Pin. En efecto, desde el fondo del valle llega el eco de un canto confuso.

—Cantan en alemán... —murmura el cocinero.

—¡Idiota! —grita la mujer—. ¿No oyes que es *Bandera roja*?

—*¿Bandera roja?* —El hombrecito da una voltereta batiendo palmas y sobre su cabeza el halconcillo con sus alas mochadas intenta un revoloteo—: ¡Sí: es *Bandera roja*!

Echa a correr, cuesta abajo, cantando «*Bandera roja triunfará...*» hasta el borde de un talud desde donde escucha atentamente.

—¡Sí, es *Bandera roja*!

Vuelve corriendo con gritos de alegría, llevando el halcón por la cadenita como si fuera una cometa. Besa a su mujer, le da un coscorrón a Pin y los tres se toman de la mano cantando.

—Ves —dice el Zurdo a Pin—, no vayas a creer que nos peleábamos en serio: bromeábamos.

—Es cierto —dice Giglia—. El Zurdo es un poco tonto pero es el mejor marido del mundo.

Al decirlo levanta la capucha de piel de conejo y lo besa en el cráneo pelado. Pin no sabe si es cierto o no, los grandes son siempre ambiguos y mentirosos, de todas maneras se ha divertido mucho.

—¡A mondar patatas —dice el Zurdo—, que dentro de dos horas estarán de vuelta y no encontrarán nada preparado!

Vuelcan el saco de patatas y se sientan al lado para mondarlas y arrojarlas en un caldero. Las patatas están frías y congelan los dedos, pero es bueno mondar patatas con esa extraña especie de gnomo que no se sabe si es bueno o malo, y con su mujer más incomprensible todavía. Giglia, en lugar de mondar patatas, empieza a peinarse: a Pin esto lo pone nervioso porque no le gusta trabajar mientras delante de él otro no da golpe, pero el Zurdo sigue mondando patatas; quizás esté acostumbrado porque entre ellos siempre es así.

—¿Qué se hace hoy de comer? —pregunta Pin.

—Cabra con patatas —contesta el Zurdo—. ¿Te gusta la cabra con patatas?

Pin sólo sabe que tiene hambre y dice que sí.

—¿Sabes hacer bien de comer, tú, Zurdo? —pregunta.

—Pardiez —dice el Zurdo—. Es mi oficio. Veinte años a bordo cocinando. En barcos de todos los tipos y todas las naciones.

—¿Barcos piratas también? —pregunta Pin.

—Barcos piratas también.

—¿Barcos chinos también?

—Barcos chinos también.

—¿Sabes el chino?

—Sé todas las lenguas del mundo. Y sé cocinar a la manera de todas las partes del mundo: cocina china, cocina mexicana, cocina turca.

—¿Cómo vas a hacer la cabra con patatas, hoy?

—A la esquimal. ¿Te gusta a la esquimal?

—¡Joder, Zurdo, a la esquimal!

En la piel de un tobillo del Zurdo, descubierta por el pantalón roto, Pin ve el dibujo de una mariposa.

—¿Qué es? —pregunta.

—Un tatuaje —dice el Zurdo.

—¿Y para qué sirve?

—Preguntas demasiado.

El agua ya hierve cuando llegan los primeros hombres.

Pin siempre ha querido ver partisanos. Se queda con la boca abierta en mitad de la explanada que se extiende delante de la choza y no acaba de mirar atentamente a uno cuando llegan otros dos o tres, todos diferentes y enjaezados con armas y correas de metralleta.

Podrían parecer soldados, una compañía de soldados extraviada durante una guerra de muchos años atrás, que se hubieran quedado vagando por los bosques, sin encontrar el camino de vuelta, con los uniformes en harapos, las botas hechas trizas, el pelo y la barba hirsutos, las armas que ahora sólo sirven para matar animales del bosque.

Están cansados y cubiertos de una capa seca de polvo y sudor. Pin esperaba que llegaran cantando, pero están callados y serios y se tumban en silencio sobre la paja.

El Zurdo les hace fiestas como si fuera un perro y golpea con el puño en la palma de la mano, entre grandes carcajadas:

—¡Les hemos dado una buena paliza, esta vez! ¿Cómo fue? ¡Contad!

Los hombres sacuden la cabeza; echados sobre

la paja, no hablan. ¿Por qué no están contentos? Es como si regresaran de una derrota.

—¿Entonces anduvo mal? ¿Hemos tenido bajas? —El Zurdo pasa de uno a otro sin convencerse.

Ha llegado también el Trucha, el comandante. Es un joven flaco, con un extraño temblor en las aletas de la nariz y la mirada enmarcada por pestañas negras. Da vueltas, grita a los hombres y refunfuña porque la comida no está pronta.

—En fin, ¿qué ha pasado? —insiste el cocinero—. ¿No hemos ganado? Si no me explicáis no hago más la comida.

—Sí, sí, hemos ganado —dice el Trucha—. Dos camiones destruidos, unos veinte alemanes muertos, un buen botín.

Dice todo esto con despecho, como si le costara admitirlo.

—¿Entonces hemos tenido muchos muertos? ¿Nosotros también?

—Hubo dos heridos en los otros destacamentos. Nosotros estamos todos vivos, naturalmente.

El Zurdo lo mira: quizá empieza a entender.

—¿No sabes que nos pusieron del otro lado del barranco —grita el Trucha— y que no podíamos disparar ni un tiro? Aquí la brigada tiene que decidirse: o no se fían del destacamento y entonces lo disuelven, o nos consideran guerrilleros como los otros y nos mandan al combate. Porque para que nos pongan en la retaguardia otra vez, no nos movemos. Y yo presento mi dimisión. Yo estoy enfermo.

Escupe y entra en la choza.

Ha llegado también el Primo, que llama a Pin.

—¿Quieres ver pasar el batallón, Pin? Baja hasta el borde del talud, desde allí se ve la carretera.

Pin corre y se asoma entre los matorrales. Debajo está la carretera por la que sube una fila de hombres. Pero son hombres diferentes a todos los que había visto hasta entonces: hombres atezados, brillantes de sudor, barbudos, armados hasta los dientes. Llevan los uniformes más extraños, sombreros, cascos, chaquetas de piel, torsos desnudos, botas rojas, prendas de uniformes de todos los ejércitos, y armas todas diferentes y todas desconocidas. Pasan también prisioneros abatidos y pálidos. A Pin le parece que nada de eso es verdadero, que es un espejismo provocado por el sol en el polvo del camino. Pero de pronto se sobresalta: esa cara es conocida, sí, no cabe duda, es Lobo Rojo. Lo llama y un minuto después están juntos: Lobo Rojo lleva un arma alemana al hombro y cojea, tiene un tobillo hinchado. Usa siempre su gorra a la rusa, pero con la estrella, una estrella roja y dentro dos círculos concéntricos, uno blanco y otro verde.

—Bravo —le dice a Pin—, has venido aquí tú solo, no eres tonto.

—Joder, Lobo Rojo —dice Pin—, ¿cómo es que estás aquí? Te esperé tanto.

—Mira, al salir de allá quise echar un vistazo al parque de camiones alemanes que está abajo. Entré en un huerto cercado y desde la balaustrada vi soldados equipados que se ponían en fila. Entonces me dije: aquí se prepara un golpe contra nosotros. Me vine de un tirón a advertirles y la cosa salió bien.

Pero me torcí el tobillo al caer, que se me hinchó y ahora cojeo.

—Eres un fenómeno, Lobo Rojo, joder —dice Pin—, pero también eres un jodido: me dejaste allí y me habías dado tu palabra de honor.

Lobo Rojo se encasqueta la gorra a la rusa:

—El primer honor —dice— es el de la causa.

Entre tanto han llegado al campamento del Trucha. Lobo Rojo los mira a todos de arriba abajo y contesta con frialdad a los saludos.

—Has caído en buen sitio —dice.

—¿Por qué? —pregunta Pin con una pizca de amargura: ya se ha encariñado con el ambiente y no quiere que Lobo Rojo venga de nuevo a llevárselo.

Lobo Rojo se le acerca al oído:

—No se lo digas a nadie: yo lo he sabido. Al destacamento del Trucha mandan la porquería, lo peor de la brigada. A ti tal vez te conservan porque eres pequeño. Pero si quieres puedo tratar de que te trasladen.

A Pin le fatidia que lo consideren un niño, pero los que él conoce no son una porquería.

—Dime, Lobo Rojo, ¿el Primo es una porquería?

—Al Primo hay que dejarlo que vaya por su cuenta. Anda siempre solo, es un buen tipo y no se achica. Parece que tuvo una historia por una amante suya, este invierno, en la que murieron tres de los nuestros. Todos saben que él no tuvo nada que ver, pero él no consigue olvidar.

—Y el Zurdo, dime, ¿es cierto que es trotskista?

«Quizás ahora me explique lo que quiere decir», piensa Pin.

—Es un extremista, me lo ha dicho el comisario de brigada. ¿No irás a hacerlo caso, no?

—No, no —contesta Pin.

—Compañero Lobo Rojo —exclama el Zurdo acercándose con el halcón posado en el hombro—, ¡te nombraremos Comisario del Soviet de la Ciudad Vieja!

Lobo Rojo no lo mira siquiera a la cara:

—¡El extremismo, enfermedad infantil del comunismo! —le dice a Pin.

6

Bajo los árboles del bosque, la tierra está cubierta de hirsutos erizos de castaña y de pantanos secos llenos de hojas duras. Al atardecer, láminas de niebla se infiltran entre los troncos de los castaños cuyas cortezas enmohecen las barbas rojizas de los musgos y los dibujos celestes de los líquenes. El campamento se adivina antes de llegar por el humo que se levanta sobre las copas de los árboles, y por el canto de un coro bajo que crece y se ahonda en el bosque. Es una construcción de piedra, de dos pisos, uno bajo para los animales, con suelo de tierra, y otro encima hecho de ramas, donde duermen los pastores.

Ahora hay hombres en los dos, echados en camastros de helechos frescos y de heno, y el humo del fuego encendido abajo no tiene ventanas para salir y se engolfa bajo las pizarras del techo y hace arder las gargantas y los ojos de los hombres, que tosen. Todas las noches los hombres se acuclillan alrededor de las piedras del hogar encendido en el interior para que no lo vean los enemigos, y se apretujan los unos contra los otros, con Pin en el medio iluminado por los reflejos y cantando a voz en cuello como en la taberna del callejón. Y los hombres están como los de la taberna, apoyados en los codos, los ojos fijos, sólo que no miran resignados el violáceo de los vasos: en las manos tienen el hierro de las armas y mañana saldrán a disparar contra otros hombres: ¡los enemigos!

Esto los diferencia de los demás hombres: tener enemigos, una sensación desconocida para Pin. En el *carruggio* había gritos y peleas de hombres y mujeres día y noche, pero no existía esa ansia amarga de enemigos, ese deseo que no deja dormir por las noches. Pin todavía no sabe qué quiere decir: tener enemigos. En todos los seres humanos hay para Pin algo asqueroso, como de gusanos, y algo bueno y cálido que suscita la amistad. En cambio éstos no saben pensar en otra cosa, como enamorados, y cuando dicen ciertas palabras tiemblan sus barbas y los ojos brillan y los dedos acarician el gatillo de los fusiles. A Pin no le piden que les cante canciones de amor, o cancioncillas cómicas: quieren sus cantos llenos de sangre y de tempestades, o las canciones de prisión y delitos que sólo él sabe, o canciones muy obscenas que hay que gritarlas con odio. Naturalmente, Pin admira más a estos hombres que a todos los demás: saben historias de camiones llenos de gente despedazada e historias de espías que mueren desnudos en fosos cavados en la tierra.

Al pie de la casa los bosques ralean formando franjas de hierba, y dicen que allí hay espías enterrados y Pin tiene un poco de miedo de pasar de noche, no vaya a ser que las manos que crecen en medio de la hierba lo cojan de los tobillos.

Pin es ya uno de la banda: se siente en confianza con todos y para cada uno ha encontrado la frase adecuada para tomarle el pelo, o hacer que lo corran y le hagan cosquillas, o le den unas trompadas.

—Joder, comandante —le dice al Trucha—, me han dicho que ya te has mandado a hacer el uniforme para cuando bajes, con galones, espuelas y sable.

Con los comandantes Pin bromea, pero siempre tratando de no malquistarse con ellos, porque le gusta ser su amigo, y también para tratar de ahorrarse algún turno de guardia o de fajina.

El Trucha es un joven flaco, hijo de meridionales emigrados, de sonrisa enferma y párpados bajos con largas pestañas. Es camarero de oficio; buen trabajo, porque uno vive cerca de los ricos y una estación trabaja y la otra descansa. Pero él preferiría estar tendido al sol todo el año, con sus brazos puro nervio debajo de la cabeza. En cambio, muy a su pesar, la furia lo mantiene siempre en movimiento y le hace vibrar las aletas de la nariz como antenas, y lo llena de un placer sutil cuando maneja las armas. En el comando de brigada están prevenidos contra él porque del comité han llegado informaciones no muy buenas sobre su persona, y porque en el combate hace siempre lo que se le antoja, y le gusta demasiado mandar y poco dar el ejemplo. Pero cuando quiere tiene agallas y comandantes hay pocos: de modo que le han dado ese destacamento con el que no se puede contar demasiado, y que sirve más para mantener aislados a unos hombres que podrían echar a perder a los otros. Por eso el Trucha se ha ofendido con el comando, y unas veces hace lo que le parece y otras no mueven un dedo; de vez en cuando dice que está enfermo y se pasa los días tendido en el jergón de helechos frescos de la casa, con la cabeza apoyada en los brazos y las largas pestañas entornadas.

Para que anduviera derecho se necesitaría un comisario de destacamento que conociera su talante, pero Giacinto, el comisario, está agotado por los piojos que se le han multiplicado tanto que ya no puede frenarlos, así como tampoco sabe imponer su autoridad sobre el comandante ni sobre los hombres. De vez en cuando lo convocan al batallón o a la brigada y le mandan hacer la crítica de la situación y estudiar los sistemas para resolverla, pero es inútil porque regresa y vuelve a rascarse mañana y noche y finge no saber lo que hace el comandante y lo que dicen de él los hombres.

El Trucha acepta las bromas de Pin moviendo las aletas de la nariz y con su sonrisa enferma, y dice que Pin es el hombre más listo del destacamento y que él está enfermo y quiere retirarse y que el comando se lo pueden confiar a Pin, que de todos modos las cosas seguirán andando mal. Entonces todos se echan encima de Pin, y le preguntan cuándo irá al combate y si sería capaz de apuntar a un alemán y dispararle. Pin se enfurece cuando le dicen estas cosas, porque en el fondo le daría miedo encontrarse en pleno tiroteo y tal vez no se sentiría capaz de disparar a un hombre. Pero cuando está entre sus compañeros quiere convencerse de que es como ellos, y entonces empieza a contar lo que hará cuando lo dejen ir al combate y se pone a imitar las ametralladoras acercando los puños a los ojos como si disparase.

En esos momentos se excita: piensa en los fascistas cuando lo azotaban, piensa en las caras azuladas e imberbes de la oficina de interrogatorios, ta-tatatá, ya están todos muertos, y muerden la alfombra tendida debajo del escritorio del oficial alemán con sus encías sanguinolentas. Ahora el ansia de matar está también en él, áspera y ruda, de matar incluso al plantón escondido en el gallinero, aunque sea un tonto, justamente porque es un tonto, de matar también al centinela triste de la cárcel, justamente porque es triste y tiene la cara llena de tajos hechos con la navaja de afeitar. Hay en él un ansia remota como el ansia de amor, un sabor desagradable y excitante como el humo y el vino, un ansia que no se sabe bien por qué la tienen todos los hombres y que debe de contener, cuando se la satisface, placeres secretos y misteriosos.

—Si yo fuese un chico como tú —le dice Zena el Largo apodado Gorra-de-Madera—, no tardaría tanto en bajar a la ciudad y dispararle a un oficial, y después regresar corriendo. Tú eres un chico y nadie se fijaría en ti y podrías acercarte hasta sus mismísimas narices. Y escapar también te sería más fácil.

Pin se muere de rabia: sabe que le dicen esas cosas para tomarle el pelo, y después no le dan armas ni lo dejan alejarse del campamento.

—Mandadme —dice— y ya veréis cómo voy.

—Ya está: sales mañana —le dicen.

—¿Cuánto apostamos a que un día bajo y liquido a un oficial? —pregunta Pin.

—¡Hale! —dicen los otros—, ¿le das las armas, Trucha?

—Pin es pinche de cocina —dice el Trucha—, sus armas son el cuchillo de las patatas y el cucharón.

—¡Me recontracago en todas vuestras armas! ¡Joder, tengo una pistola marinera alemana que no la tiene igual ninguno de vosotros!

—¡Mierda! —exclaman los otros—, ¿y dónde la tienes? ¿en tu casa? Una pistola marinera: ¡será de las de agua!

Pin se muerde los labios: un día irá a desenterrar la pistola y hará cosas maravillosas, cosas que dejarán a todos boquiabiertos.

—¿Cuánto apostamos a que tengo una P.38 escondida en un lugar que sólo yo sé?

—¿Pero qué clase de partisano eres que escondes las armas? Explícanos dónde está y vamos a buscarla.

—No. Es un sitio que sólo yo conozco y no se lo puedo decir a nadie.

—¿Por qué?

—Allí hacen sus nidos las arañas.

—¡Vete a paseo! ¿Cuándo se ha visto que las arañas hagan nido? No son golondrinas.

—Si no me creéis, dadme un arma de las vuestras.

—Nosotros las armas nos las hemos conseguido. Nos las hemos con-quis-ta-do.

—Yo también me la he conquistado, joder. En la habitación de mi hermana, mientras aquél...

Los otros ríen, no entienden nada de esas cosas. Pin quisiera hacer de partisano por cuenta propia, con su pistola.

—¿Cuánto apostamos a que te la encuentro yo, tu P.38?

El que ha hecho esta pregunta es Piel, un muchacho grácil, siempre resfriado, con unos bigotitos recién nacidos sobre los labios quemados y siempre húmedos. Está lustrando cuidadosamente, con un trapo, una recámara.

—Apostemos también a tu tía, total, el lugar de los nidos de araña no lo conoces —contesta Pin.

Piel deja de frotar con el trapo:

—Mocoso, yo los lugares del zanjón los conozco palmo a palmo y no te puedes imaginar todas las chicas que he tumbado por allí.

Piel tiene dos pasiones devoradoras: las armas y las mujeres. Se ha ganado la admiración de Pin discutiendo con competencia sobre todas las prostitutas de la ciudad, haciendo sobre su hermana la Negra unas apreciaciones que daban a entender que también a ella la conocía bien. Pin siente por él una atracción mezclada de repulsión, tan grácil y siempre resfriado, contando siempre historias de muchachitas cogidas a traición por el pelo y tumbadas en la hierba, o historias de las armas nuevas y complicadas que posee la brigada negra. Piel es joven pero ha dado vueltas por toda Italia en los campamentos y las marchas de los «vanguardistas»* y siempre ha manejado armas y ha estado en las casas de tolerancia de todas las ciudades, aun sin tener la edad reglamentaria.

* Vanguardistas: miembros de una organización de juventudes fascistas. *(N. de la T.)*

—Nadie sabe dónde están los nidos de araña —dice Pin.

Piel se ríe mostrando las encías:

—Yo lo sé —dice—, ahora voy a la ciudad a buscar una metralleta a casa de un fascista y traigo también tu pistola.

De vez en cuando Piel se va a la ciudad y vuelve cargado de armas: siempre consigue saber dónde están escondidas, quién las tiene en su casa, y en cada caso corre el riesgo de que lo atrapen con tal de aumentar su armamento. Pin no sabe si Piel dice la verdad: tal vez sea el gran amigo tan buscado, que lo sabe todo de las mujeres y de las pistolas, y también de los nidos de araña; pero asusta con sus ojillos rojizos, resfriados.

—Y si la encuentras, ¿me la traes?

La sonrisa de Piel es toda encías:

—Si la encuentro, me quedo con ella.

A Piel es difícil quitarle un arma: todos los días hay escenas en el destacamento porque no es un buen compañero y reclama su derecho de propiedad sobre todo el arsenal que ha conseguido. Antes de presentarse a las bandas había entrado en la brigada negra para tener una metralleta, y daba vueltas por la ciudad disparando a los gatos después del toque de queda. Después desertó tras haber desvalijado media armería, y desde entonces iba y venía de la ciudad descubriendo extrañas armas automáticas y bombas de mano y pistolas. La brigada negra aparecía a menudo en sus conversaciones, pintada con colores diabólicos, pero no exentos de fascinación: «En la brigada negra hacen esto... dicen aquello...».

—Trucha, entonces voy, estamos de acuerdo —dice Piel dándose breves lengüetazos en los labios y resoplando por la nariz.

No se debería permitir que un hombre fuera y viniera a su gusto, pero las expediciones de Piel son siempre productivas; nunca vuelve con las manos vacías.

—Te doy dos días —dice el Trucha—, pero no más, ¿de acuerdo? Y que no te pillen haciendo estupideces.

Piel sigue humedeciéndose los labios:

—Me llevo la *Sten* nueva —dice.

—No —contesta el Trucha—, tienes la vieja. La nueva la necesitamos nosotros.

La misma historia de siempre.

—La *Sten* nueva es mía —dice Piel—, la he traído yo y me la llevo cuando quiero.

Cuando Piel empieza a discutir, los ojos se le enrojecen todavía más, como si estuviera por llorar, y la voz se vuelve todavía más gangosa. El Trucha en cambio es frío, inflexible, sólo le vibran las aletas de la nariz antes de abrir la boca.

—Entonces de aquí no te mueves —dice.

Piel empieza una sarta de quejas jactándose de todos sus méritos, y dice que si es así, él deja el destacamento pero se lleva todas sus armas. Le llega a la mejilla una bofetada seca del Trucha:

—Obedeces lo que te digo, ¿entendido?

Los compañeros miran y aprueban: no es que estimen al Trucha más que a Piel, pero se alegran de que el comandante se haga respetar.

Piel se queda resoplando por la nariz con la marca roja de los cinco dedos en la mejilla pálida.

—Ya vas a ver —dice Piel. Se vuelve y sale.

Afuera hay niebla. Los hombres se encogen de hombros. Piel ha hecho otras veces escenas parecidas, pero siempre ha vuelto con un nuevo botín. Pin corre detrás de él:

—Oye, Piel, mi pistola, escúchame, esa pistola... —No sabe siquiera lo que quiere pedirle. Pero Piel ha desaparecido y la niebla sofoca las palabras. Pin regresa donde están los otros: tienen briznas de paja en el pelo y las miradas ácidas.

Para reanimar el ambiente y desquitarse de las bromas, Pin empieza a burlarse de los que son menos capaces de defenderse y se prestan más a que les tomen el pelo. Los primeros son los cuatro cuñados calabreses: Duque, Marqués, Conde y Barón. Son cuatro cuñados que han venido a casarse con cuatro hermanas del mismo pueblo emigradas a estas tierras, y forman un poco banda aparte, bajo el mando del Duque que es el mayor y sabe hacerse respetar.

El Duque tiene un gorro redondo de piel inclinado sobre un pómulo y unos bigotitos tiesos en la cara cuadrada y altanera. Lleva al cinto un pistolón austríaco: basta que alguien lo contradiga para que lo desenfunde y le apunte al estómago mascullando una frase truculenta en su lenguaje rabioso y salpicado de un extraño énfasis en las consonantes:

—¡Me rrrompes la pppelotas!

Pin lo imita:

—¡Uh, compppadre!

Y el Duque, que no tolera bromas, lo persigue apuntando con el pistolón austríaco y gritando:

—¡Te voy a qqquemar los sssesos! ¡Te voy a rrromper los cuernos!

Pero Pin se atreve porque sabe que los otros están de su lado y lo defienden y se divierten burlándose de los calabreses: el Marqués, con su cara de esponja y la frente comida por el pelo; el Conde, larguirucho y melancólico como un mulato, y el Barón, el más joven, con un gran sombrero negro de paisano, un ojo estrábico y una medallita de la Virgen colgada del ojal. El Duque era carnicero clandestino, y en el destacamento, cuando hay que faenar un animal, se ofrece a hacerlo: hay en él un oscuro culto de la sangre. Los cuatro cuñados suelen bajar juntos hacia los campos de claveles donde viven las cuatro hermanas con quienes están casados. Allí tienen misteriosos duelos con las brigadas negras, emboscadas y venganzas, como si hicieran una guerra por cuenta propia, movidos por antiguas rivalidades de familia.

A veces, por la noche, Zena el Largo apodado Gorra-de-Madera, le pide a Pin que se calle un poco porque ha encontrado en su libro un pasaje interesante y quiere leerlo en voz alta. Zena el Largo apodado Gorra-de-Madera, se pasa días enteros sin salir de la barraca, tendido en el heno pisoteado, leyendo un gran libro titulado *Superpolicíaco,* al fulgor de una lamparita de aceite. Es capaz de llevarse el libro al mismísimo combate y de seguir leyéndolo apoyado en la recámara de la ametralladora, mientras espera que lleguen los alemanes.

Está leyendo en voz alta con su monótona cadencia genovesa: historias de hombres que desaparecen en misteriosos barrios chinos. Al Trucha le gusta oír la lectura y hace callar a los otros: nunca ha tenido la paciencia de leer un libro en toda su vida, pero en una ocasión en que estaba preso, se pasó horas escuchando a un viejo prisionero que leía el voz alta *El conde de Montecristo,* y le gustó mucho.

Pero Pin no entiende qué gusto hay en leer y se aburre. Dice:

—Gorra-de-Madera, ¿qué dirá tu mujer cuando llegue la noche?

—¿Qué noche? —dice Zena el Largo apodado Gorra-de-Madera, que todavía no se ha acostumbrado a las salidas de Pin.

—¡La noche que os acostéis juntos por primera vez y tú sigas leyendo libros todo el tiempo!

—¡Cara de puercoespín! —le dice Zena el Largo.

—¡Jeta de buey! —le contesta Pin. El genovés tiene una ancha cara pálida con dos labios enormes y unos ojos descoloridos debajo de la visera de una gorrita de cuero que parece madera. Zena el Largo se enfada y hace el gesto de levantarse:

—¿Por qué jeta de buey? ¿Por qué me llamas jeta de buey?

—¡Jeta de buey! —insiste Pin, apartándose del radio de sus manos enormes—. ¡Jeta de buey!

Pin se atreve porque sabe que el genovés jamás hará el esfuerzo de perseguirlo y que al cabo de un rato decide siempre dejarlo hablar y vuelve a su lectura marcando la página con su grueso dedo. Es el hombre más perezoso que jamás haya entrado en las bandas: tiene espaldas de estibador, pero en las marchas siempre encuentra una excusa para no llevar carga. Todos los destacamentos han tratado de deshacerse de él hasta mandarlo con el Trucha.

—Es una crueldad —dice Zena el Largo apodado Gorra-de-Madera— que los hombres estén obligados a trabajar toda la vida.

Pero hay países, en América, donde la gente se hace rica sin tanto esfuerzo: Zena el Largo irá apenas vuelvan a zarpar los barcos.

—La libre iniciativa, el secreto de todo está en la libre iniciativa —dice estirando los largos brazos, tendido en el heno del barracón, y vuelve para seguir las líneas con el dedo, moviendo los labios, para continuar en el libro la vida de aquellos países libres y felices.

Por la noche, mientras todos duermen echados en la paja, Zena el Largo apodado Gorra-de-Madera dobla el ángulo de la página empezada, cierra el libro, sopla la lamparilla de aceite y se duerme con la mejilla apoyada en la cubierta.

7

Los sueños de los resistentes son raros y cortos, sueños nacidos de las noches de hambre, ligados a la historia de la comida siempre escasa y que hay que compartir entre muchos: sueños de trozos de pan mordidos y luego guardados en un cajón. Los perros vagabundos han de tener sueños parecidos, de huesos roídos y escondidos bajo tierra. Sólo cuando el estómago está lleno, el fuego encendido, y no se ha andado demasiado durante el día, puede uno permitirse el lujo de soñar con una mujer desnuda y despertarse por la mañana ligero y espumoso, con una alegría como de ancla levada.

Entonces en el heno los hombres empiezan a hablar de sus mujeres, de las pasadas y las futuras, a hacer proyectos para cuando haya terminado la guerra, y a pasarse fotografías amarillentas.

Giglia duerme junto a la pared, al lado de su marido bajo y calvo. Por la mañana escucha las conversaciones de los hombres cargadas de deseos, y siente que sus miradas se acercan a ella como una escuadra de culebras por el heno. Entonces se levanta y va a la fuente a lavarse. Los hombres se quedan en la oscuridad de la barraca imaginando que ella se abre la camisa y se enjabona el pecho. El Trucha, que ha permanecido callado, se levanta y también va a lavarse. Los hombres insultan a Pin, que les lee los pensamientos y se burla de ellos.

Pin se mueve entre esos hombres como entre los de la taberna, pero es un mundo más colorido y más salvaje, con esas noches pasadas sobre el heno y las barbas llenas de insectos. Hay en ellos algo nuevo que atrae y asusta a Pin, más allá del ansia ridícula por las mujeres común a todos los mayores: de vez en cuando vuelven a la barraca con algún hombre desconocido y amarillo, que mira a su alrededor y parece que no pudiera entornar los ojos desorbitados ni separar las mandíbulas para preguntar algo que le importa muchísimo.

El hombre los sigue, dócil, a los prados secos y brumosos que se extienden al final del bosque y nadie lo ve regresar nunca; a veces alguno de los otros lleva su sombrero o su chaqueta o sus zapatos claveteados. Esto es algo misterioso y fascinante, y Pin quisiera unirse al pequeño pelotón que avanza por los prados, pero los otros lo rechazan con palabrotas y Pin se queda dando saltos delante de la barraca y molestando al halcón con un rama de brezo, mientras piensa en los ritos secretos que se cumplen sobre la hierba húmeda de niebla.

Una noche, por hacerle una broma, el Trucha le dice que en el tercer bancal hay una sorpresa para él.

—Dime qué es, Trucha, joder —dice Pin, que se reconcome de curiosidad pero a quien esos claros grises en la oscuridad inspiran un sutil temor.

—Camina por el bancal hasta encontrarlo —dice el Trucha y se ríe mostrando sus dientes picados.

Entonces Pin avanza solo en la oscuridad, con un miedo que se le mete en los huesos como la humedad de la niebla. Sigue la franja de hierba en la ladera de la montaña y en seguida pierde de vista el resplandor del fuego en la puerta de la barraca.

Se detiene a tiempo: ¡por poco pone un pie encima! Más abajo ve una gran forma blanca tendida a través del bancal: un cuerpo humano ya hinchado, echado boca arriba en la hierba. Pin lo mira fascinado: una mano negra sube de la tierra hasta el cuerpo, resbala en la carne, se agarra como la mano de un ahogado. No es una mano: es un sapo, uno de esos sapos que vagan de noche por los prados y que ahora se sube a la barriga del muerto. Pin, con los pelos de punta y el corazón en la boca, se aleja corriendo.

Un día el Duque vuelve al campamento; había partido con sus tres cuñados en una de sus misteriosas expediciones. El Duque llega con una bufanda negra alrededor del cuello y en la mano el gorro de piel.

—Compañeros —dice—. Han matado a mi cuñado el Marqués.

Los hombres salen de la barraca y ven llegar al Conde y al Barón, también con bufandas de lana negra alrededor del cuello, trayendo en unas angarillas de sarmientos y ramas de olivo a su cuñado el Marqués, a quien la brigada negra ha matado en un campo de claveles.

Los cuñados depositan las angarillas delante de

la barraca y permanecen con la cabeza descubierta e inclinada. Entonces ven a los dos prisioneros. Son dos fascistas capturados en el combate de la víspera, que están allí descalzos y despeinados, mondando patatas, con sus uniformes sin galones, explicando por centésima vez a todo el que se acerca que a ellos los habían obligado a enrolarse.

El Duque ordena a los dos prisioneros que cojan el pico y la pala y lleven las angarillas al prado para enterrar al cuñado. Se ponen en marcha: los dos fascistas llevan al muerto sobre los hombros, tendido en las angarillas de ramas; después los tres cuñados, el Duque en el medio, los otros a los lados. En la mano izquierda sostienen el sombrero a la altura del corazón: el Duque, su gorro redondo de piel; el Conde, un pasamontaña de lana; el Barón, su gran sombrero negro de paisano; cada uno lleva en la mano derecha una pistola con la que apunta. Detrás, a cierta distancia, los siguen todos los demás, en silencio.

En cierto momento el Duque empieza a recitar las plegarias de los muertos: en su boca los versículos latinos suenan cargados de ira como blasfemias, y sus dos cuñados le contestan a coro, siempre apuntando con las pistolas y con los gorros contra el pecho. El cortejo fúnebre avanza así por los prados, a paso lento: el Duque da breves órdenes a los fascistas para que avancen lentamente, sostengan derechas las angarillas y doblen cuando hay que doblar: después les ordena que se detengan y caven la fosa.

También los hombres se detienen a cierta distancia y se quedan mirando. Junto a las angarillas y a los dos fascistas que cavan están los tres cuñados calabreses, la cabeza descubierta, las bufandas de lana negra, apuntando con sus pistolas y recitando plegarias en latín. Los fascistas trabajan a prisa: ya han cavado una fosa profunda y miran a los cuñados.

—Más —dice el Duque.

—¿Más profunda? —preguntan los fascistas.

—No —dice el Duque—, más ancha.

Los fascistas siguen cavando y sacando tierra; hacen una fosa, dos, tres veces más ancha.

—Basta —dice el Duque.

Los fascistas tienden el cadáver del Marqués en medio de la fosa; después salen para arrojar la tierra dentro.

—Abajo— dice el Duque—, cubridlo desde abajo.

Los fascistas dejan caer paladas de tierra solamente sobre el muerto y se quedan de pie en dos fosas separadas a los lados del cadáver enterrado. De vez en cuando se vuelven para ver si el Duque les permite subir, pero el Duque quiere que sigan arrojando tierra sobre el cuñado muerto, tierra que forma ya una tumba alta sobre su cuerpo.

Después llega la niebla y los hombres dejan a los cuñados con sus cabezas descubiertas, apuntando con las pistolas, y se marchan; una niebla opaca que borra las figuras y amortigua los sonidos.

La historia de los funerales del calabrés, cuando se supo en el comando de brigada, fue desaprobada y el comisario Giacinto tuvo que informar una vez más. Al mismo tiempo, los hombres que se han quedado en la barraca desahogan una rabiosa y desbordante necesidad de alegría escuchando las bromas de Pin que, dejando tranquilos por esa noche a los cuñados de luto, se encarniza contra Zena el Largo apodado Gorra-de-madera.

Giglia está de rodillas junto al fuego, tendiendo leña menuda al marido ocupado en reavivar la llama; entre tanto sigue la conversación y ríe y mira alrededor con sus ojos verdes. Y cada vez sus ojos se encuentran con los ojos sombreados del Trucha, y entonces también el Trucha ríe con su sonrisa mala y enferma y los dos se quedan mirándose hasta que ella baja los ojos y se pone seria.

—Pin, termina de una vez —dice Giglia—, cántanos aquello de *Quién llama a mi puerta...*

Pin deja en paz al genovés para pincharla a ella.

—¿Quién quisieras que llamase a tu puerta, dime, eh, Giglia —pregunta Pin—, cuando tu marido no está en casa?

El cocinero levanta la cabeza calva enrojecida por la proximidad de las llamas; tiene la risita agria de cuando se burlan de él:

—A mí me gustaría que llamaras tú, y que el Duque con un gran cuchillo te fuera pisando los talones y diciendo: «¡Te voy a despanzurrar!» ¡Y cerrarte la puerta en las narices!

Pero la tentativa de meter en medio al Duque es torpe y no da resultado. Pin se acerca unos pasos al Zurdo y lo mira de reojo riendo, burlón:

—Oh, dime, Zurdo, ¿entonces es cierto que esa vez no te diste cuenta?

El Zurdo ya ha aprendido el juego y sabe que no debe preguntar de qué vez se trata.

—Yo no. ¿Y tú? —responde, pero ríe con acritud porque sabe que Pin no lo soltará y que los otros están pendientes de sus labios para ver qué sacará a relucir.

—La vez que navegaste un año y tu mujer echó un crío al mundo y después lo llevó al hospicio y tú no te diste cuenta de nada.

Los otros, que hasta ese momento han contenido la respiración, se desternillan de risa y se las toman con el cocinero:

—¡Oh, Zurdo, cómo es eso, nunca nos lo habías contado!

El Zurdo ríe también, agrio como un limón verde:

—¿Porque te encontraste con ese hijo mío cuando estabas en el asilo de bastardos y él te lo contó?

—¡Basta! —dice Giglia—. ¿Es posible que no puedas estar sin decir maldades, Pin? Cántanos aquella canción que es tan bonita.

—Si me da la gana —contesta Pin—. Yo no trabajo por encargo.

El Trucha se pone lentamente de pie y se estira:

—Anda, Pin, canta la canción que ella te ha pedido o te largas a montar la guardia.

Pin se aparta el mechón de los ojos para mirarlo:

—Eh, con tal de que no vengan los alemanes; el comandante se ha puesto sentimental esta noche.

Ya se prepara para esquivar la bofetada que espera, pero el Trucha mira a Giglia entre sus párpados sombreados, por encima de la gran cabeza del cocinero. Pin se pone en posición, levantando el mentón, sacando pecho, y entona:

Quién a mi puerta llama, quién llama a mi portón,
Quién a mi puerta llama, quién llama a mi portón.

Es una canción misteriosa y truculenta que ha aprendido de una vieja del callejón; tal vez la cantaban los cantores ambulantes en las ferias.

Soy capitán de los moros, con mis servidores vengo,
Soy capitán de los moros, con mis servidores vengo.

—Leña —dice el Zurdo y tiende una mano hacia Giglia. Giglia le alcanza unas ramas de brezo, pero el Trucha tiende su mano sobre la cabeza del cocinero y las coge. Pin canta:

Ah, decidme, oh Godea, dónde vuestro hijo está,
Ah, decidme, oh Godea, dónde vuestro hijo está.

El Zurdo sigue con la mano tendida y el Trucha hace arder el brezo. Después Giglia alcanza por encima de la cabeza del marido un manojo de ramas de sorgo y su mano se encuentra con la del Trucha. Pin sigue la maniobra con ojos atentos y continúa con su canción:

Mi hijo a la guerra ha ido y ya nunca volverá,
Mi hijo a la guerra ha ido y ya nunca volverá.

El Trucha ha cogido la mano de Giglia, con la otra mano le ha quitado el sorgo y lo ha arrojado al fuego, ahora suelta la mano de Giglia y se miran.

Que el pan que está comiendo lo atore y lo sofoque,
Que el pan que está comiendo lo atore y lo sofoque.

Pin sigue cada movimiento, vaharadas de calor le suben hasta los ojos; redobla el ímpetu del canto a cada dístico, como si estuviera por exhalar el alma.

Que en el agua que bebe se acabe de ahogar,
Que en el agua que bebe se acabe de ahogar.

Ahora el Trucha pasa por encima del cocinero y está junto a Giglia. La voz resuena en el pecho de Pin como si estuviera a punto de reventarle.

Que la tierra que pisa se le hunda bajo los pies,
Que la tierra que pisa se le hunda bajo los pies.

El Trucha se ha acuclillado junto a Giglia: ella le pasa la leña y él la arroja al fuego. Todos los hombres están atentos a la canción, que ha alcanzado su momento más dramático:

Qué decís, oh Godea, vuestro hijo yo soy,
Qué decís, oh Godea, vuestro hijo yo soy.

Las llamas son ya demasiado altas: habría que quitar leña del fuego, no seguir añadiéndola si se quiere evitar que se incendie el heno del piso superior. Pero los dos siguen pasándose ramitas.

Perdóname, hijo mío, si he dicho mal de ti,
Perdóname, hijo mío, si he dicho mal de ti.

Pin suda de calor, tiembla por el esfuerzo, el último agudo fue tan alto que en la oscuridad, cerca del techo, se oye un aleteo y un grito ronco: es el halcón Babeuf que se ha despertado.

Desenvainó su espada, la cabeza cortó,
Desenvainó su espada, la cabeza cortó.

El Zurdo apoya ahora las manos en las rodillas. Oye que el halcón se ha despertado y se levanta para darle de comer.

La cabeza dio un salto y por la sala rodó,
La cabeza dio un salto y por la sala rodó.

El cocinero lleva siempre consigo una bolsita en la que guarda las vísceras de los animales faenados. El halcón se le ha posado en un dedo y él con la otra mano le va dando trozos de riñón rojo sangre.

En medio de la sala ha brotado una flor,
En medio de la sala ha brotado una flor.

Pin respira a fondo para el final de la canción. Se acerca a los dos y les grita casi al oído:

Es la flor de una madre a quien su hijo mató,
Es la flor de una madre a quien su hijo mató.

Pin se arroja al suelo: está exhausto. Todos estallan en aplausos. Babeuf aletea. En ese momento se oye un grito de los hombres que duermen arriba.

—¡Fuego! ¡Fuego!

La llama se ha convertido en una hoguera, propagándose por el heno que cubre el enrejado de ramas.

—¡Sálvese quien pueda!

Los hombres se atropellan precipitándose sobre armas, zapatos, mantas, tropezando con otros todavía acostados.

El Trucha se ha puesto en pie de un salto y ha recobrado el dominio de sí mismo:

—¡A sacar todo en seguida! Primero las armas automáticas, las municiones, después los fusiles. Por último los sacos y las mantas. ¡Los víveres, antes que nada los víveres!

Los hombres, en parte ya descalzos y acostados, presa del pánico, atrapan las cosas al azar, aplastándose contra la puerta. Pin se desliza entre las piernas y se abre paso al exterior, corriendo a buscar un sitio desde donde admirar el incendio: ¡es un espectáculo magnífico!

El Trucha ha sacado la pistola:

—Nadie se vaya antes de haber puesto todo a salvo. Sacad las cosas fuera y volved; ¡al primero que vea alejarse, le disparo!

Las llamas ya lamen las paredes pero los hombres han superado el pánico y se abalanzan en medio del humo y el fuego para salvar las armas y las provisiones. El Trucha también entra, da órdenes tosiendo en medio del humo, vuelve afuera para llamar a los otros e impedir que escapen. Encuentra al Zurdo en un matorral con el halconcillo al hombro y todas sus cosas, y lo devuelve a la barraca de un puntapié, para que recupere la marmita.

—¡Ay del que no vea volver dentro a buscar algo! —dice.

Giglia pasa a su lado, serena, y se acerca al incendio, con su extraña sonrisa. El le susurra:

—¡Sal de ahí!

Es un alma triste, el Trucha, pero tiene pasta de comandante: ahora sabe que la culpa del incendio es suya, de esa irresponsabilidad a la que ha tomado la mala costumbre de abandonarse, sabe que sin duda pasará muy malos ratos con los comandos superiores, pero ahora es de nuevo comandante, las aletas de su nariz se estremecen y dirige la evacuación de la barraca en medio del incendio, dominando la desbandada de los hombres sorprendidos en el descanso, que con tal de salvarse hubieran abandonado todo el material.

—¡Subid al piso alto! —grita—. ¡Todavía queda una ametralladora con dos sacos de municiones!

—¡No se puede! —le contestan—. ¡El enrejado está ardiendo!

De pronto alguien grita:

—¡El enrejado se derrumba! ¡Todos afuera!

Ya se oyen los primeros estallidos: alguna bomba de mano que ha quedado en la paja. El Trucha ordena:

—¡Todos afuera! ¡Alejaos de la barraca! ¡Llevad lejos las cosas, sobre todo las que pueden explotar!

Desde su puesto de observación, desde una prominencia del terreno, Pin ve cómo el incendio se fragmenta en súbitos estallidos como fuegos artificiales y oye disparos, verdaderas ráfagas de cargadores que caen en las llamas y explotan cartucho tras cartucho: desde lejos ha de oírse como una batalla. En el cielo vuelan alto las chispas, las copas de los castaños parecen doradas. De dorada, una rama se vuelve incandescente: es el incendio que se propaga a los árboles, ahora quizás arda el bosque entero.

El Trucha está haciendo el inventario de lo que falta: una ametralladora *Breda,* seis cargadores, dos fusiles, y bombas, cartuchos y un quintal de arroz. Su carrera está terminada: no podrá mandar, tal vez lo fusilen. Sin embargo, le siguen temblando las aletas de la nariz y distribuye las tareas entre los hombres como si se tratara de una operación normal de desplazamiento.

—¿A dónde vamos?

—Os lo diré más tarde. Salgamos del bosque. Adelante.

El destacamento, con armas y bagajes, avanza en fila india por los prados. El Zurdo lleva al hombro la marmita en la que va posado el halcón. Pin tiene a su cargo todos los enseres de cocina. Cierta aprensión se desliza entre los hombres:

—Los alemanes han oído los disparos, han visto el incendio: pronto nos estarán pisando los talones.

El Trucha vuelve su cara amarilla e impasible:

—Silencio. Ni una palabra. Andando.

Parece que dirigiera la retirada después de un combate desafortunado.

8

El nuevo campamento es un pajar donde tendrán que apretujarse, con el techo hundido por el que se filtra la lluvia. Por la mañana los hombres se dispersan para tomar el sol entre los rododendros del barranco, se echan sobre los arbustos escarchados y se quitan la camiseta para despiojarse.

A Pin le gusta que el Zurdo le encargue algunas tareas en los alrededores, ir hasta la fuente a llenar los cubos de agua para la marmita, o a buscar leña en el bosque quemado con un hacha pequeña, o al arroyo a buscar berros con los que el cocinero prepara sus ensaladas. Pin canta y mira el cielo y el mundo limpio de la mañana y las mariposas montañesas de colores desconocidos que planean sobre los prados. El Zurdo siempre se impacienta porque Pin se hace esperar mientras el fuego se apaga o el arroz se pega, y lo cubre de insultos en todas las lenguas cada vez que llega con la boca rebosante de zumo de fresas y los ojos llenos de revoloteos de mariposas. Entonces Pin vuelve a ser el chico pecoso del Carrugio Lungo, y arma griterías que duran horas y que reúnen alrededor de la cocina a los hombres dispersos entre los rododendros.

En cambio, cuando anda de mañana por los senderos, Pin olvida las viejas calles donde se estanca la orina de las mulas, el olor de varón y mujer de la cama deshecha de su hermana, el sabor acre que sueltan los gatillos al apretarlos y el humo que sale de las recámaras abiertas, el silbido rojo y ardiente de los latigazos durante el interrogatorio. Pin ha hecho aquí descubrimientos coloridos y nuevos: hongos amarillos y marrones que brotan húmedos de la tierra, arañas rojas en grandísimas redes invisibles, lebratos pura pata y oreja que de pronto desembocan en el sendero y desaparecen en seguida zigzagueando.

Pero basta un brusco y fugitivo recuerdo para que Pin sienta de nuevo el contagio del velludo y ambiguo matadero del género humano: y ahí está con sus ojos penetrantes y sus pecas concentradas espiando los acoplamientos de los grillos, o traspasando con agujas de pino las verrugas del dorso de los sapos pequeños, o meando en los hormigueros para ver cómo la tierra porosa se desmorona y agrieta y huyen centenares de hormigas rojas y negras.

Entonces Pin vuelve a sentirse atraído por el mundo de los hombres, de los hombres incomprensibles de mirada opaca y boca húmeda de ira. Vuelve entonces junto al Zurdo, el Zurdo con su risa cada vez más agria, que no va nunca al combate y se queda siempre junto a sus marmitas, con el halcón de alas mochas y malhumorado que aletea sobre su hombro.

Pero lo más admirable en el Zurdo son sus tatuajes, tatuajes en todas partes del cuerpo: mariposas, veleros, corazones, hoces y martillos, vírgenes.

Un día lo vio mientras cagaba y le descubrió un tatuaje en una nalga: un hombre de pie y una mujer de rodillas abrazándose.

El Primo es diferente: es como si siempre estuviera quejándose y como si únicamente él supiera lo fatigosa que es la guerra. Y sin embargo deambula siempre solo con su metralleta y llega al campamento para marcharse pocas horas después, siempre de mala gana y como si lo obligaran.

Cuando hay que mandar a alguien a algún lugar, el Trucha mira a su alrededor y dice:

—¿Quién quiere ir?

Entonces el Primo sacude la gran cabeza como si fuera víctima de un destino injusto, carga la metralleta al hombro y se aleja suspirando con su dulce cara de mascarón de fuente.

El Trucha está tendido entre los rododendros con los brazos doblados debajo de la cabeza y la metralleta entre las rodillas: en el comando de brigada seguramente están tomando medidas contra él. Los hombres tienen los ojos insomnes y barbas hirsutas; al Trucha no le gusta mirarlos porque lee en sus ojos un sordo rencor contra él. Sin embargo todavía le obedecen, como por mutuo acuerdo, para no dejarse ir a la deriva. Pero el Trucha es todo oídos y de vez en cuando se incorpora y da una orden: no quiere que ni por un instante los hombres se desacostumbren de la idea de tenerlo como jefe, porque eso equivaldría a perderlos.

A Pin no le importa que la barraca se haya quemado: el incendio ha sido maravilloso y el nuevo campamento está rodeado de lugares que será magnífico descubrir. Le asusta un poco acercarse al Trucha: quizá quiera echarle a él toda la culpa del incendio, porque lo ha distraído con su canción.

Pero el Trucha lo llama:

—¡Ven, Pin!

Pin se acerca al hombre tendido, no se siente con ánimos para salir con una de las suyas: sabe que el Trucha es odiado y temido por los otros y estar junto a él en ese momento lo llena de orgullo, se siente un poco su cómplice.

—¿Eres capaz de limpiar una pistola? —pregunta el Trucha.

—Bueno —dice Pin—, tú la desmontas y yo te la limpio.

Pin es un niño que da un poco de miedo a todos por sus salidas, pero el Trucha siente que ese día Pin no sacará a relucir el incendio, ni a Giglia, ni otras cosas. Por eso es la única persona que le puede hacer compañía.

Extiende un pañuelo en el suelo y va depositando en él las piezas a medida que las desmonta. Pin le pide que le deje desmontarla y el Trucha le enseña. Es algo magnífico estar hablando así con el Trucha en voz baja, sin que ni uno ni otro digan cosas desagradables. Pin puede hacer comparaciones entre la pistola del Trucha y la suya, la enterrada, y señala las piezas que son diferentes y más bonitas en una o en otra. Y el Trucha no dice como de costumbre que no cree que Pin tenga una pistola enterrada: tal vez no era cierto que no le creyeran, lo decían sólo para tomarle el pelo. En el fondo también el Trucha es un buen muchacho, cuando uno habla así con él, y cuando explica el funcionamiento de las pistolas se apasiona y sólo tiene buenos pensamientos. Y también las pistolas, cuando se habla así de ellas, estudiando su mecanismo, ya no son instrumentos de muerte sino juguetes extraños y encantados.

Los otros hombres en cambio son hirsutos y distantes, no hacen caso de Pin, que los ronda, y no tienen ganas de cantar. Es malo cuando el desaliento se mete en la médula de los huesos como la humedad de la tierra, y no se confía más en los comandantes, o uno se ve ya cercado por los alemanes con sus lanzallamas en las cuestas cubiertas de rododendros y parece que el propio destino fuera huir de un valle a otro para ir muriendo uno por uno, y que la guerra no fuese a terminar nunca. En cierto momento empiezan las conversaciones acerca de la guerra, cuándo ha empezado y quién la quiso, y cuándo terminará y si se estará mejor o peor que antes.

Pin no conoce bien la diferencia que existe entre cuando hay guerra y cuando no la hay. Desde que nació le parece haber oído hablar siempre de la guerra, sólo los bombardeos y el toque de queda vinieron después.

De vez en cuando los aeroplanos pasan sobre las montañas y uno se puede quedar mirando sus panzas sin huir a los sótanos, como en la ciudad. Después se oye el sonido bronco de las bombas que caen lejos, del lado del mar, y los hombres piensan en sus casas tal vez ahora en escombros y dicen que la guerra no terminará nunca y que no se entiende quién la ha querido.

—¡Yo sé quién la ha querido! ¡Yo los vi! —salta el Carabinero—. ¡Fueron los estudiantes!

El Carabinero es más ignorante que el Duque y más perezoso que Zena el Largo; cuando su padre, que era campesino, vio que no había manera de hacerlo coger una azada, le dijo: «¡Enrólate con los carabineros!», y él se enroló y le dieron el uniforme negro con la bandolera blanca y prestó servicio en las ciudades y en el campo sin entender jamás lo que le mandaban hacer. Después del «ocho de septiembre»* tuvo que arrestar a los padres y a las madres de los desertores, hasta que un día supo que lo mandarían a Alemania porque decían que era partidario del rey, y se escapó. Al principio los partisanos querían despacharlo, a causa de los padres y madres arrestados, pero después comprendieron que era un pobre diablo y lo mandaron al destacamento del Trucha, porque en los otros nadie lo quería.

—¡En el cuarenta yo estaba en Nápoles y lo sé! —dice el Carabinero—. ¡Fueron los estudiantes! Llevaban banderas y carteles y cantaban Malta y Gibraltar y decían que querían cinco comidas al día.

—¡Calla, que tú eras carabinero —le dicen— y estabas de ese lado y llevabas las tarjetas rojas de reclutamiento!

El Duque escupe con fuerza tocando la pistola austríaca:

—¡Carabineros canallas bastardos cochinos! —dice entre dientes. Hay una larga lucha con los carabine-

* El 8 de septiembre de 1943 Italia se retira de la guerra, el ejército italiano se desbanda y empieza la invasión alemana. *(N. de la T.)*

ros en la historia de su pueblo, una larga historia de carabineros muertos a escopetazos al pie de los tabernáculos del via crucis.

El Carabinero protesta agitando sus grandes manos campesinas delante de sus ojos enanos, aplastados por la frente baja.

—¡Nosotros los carabineros! ¡Nosotros los carabineros nos enfrentamos con ellos! Sí señor, nosotros estábamos contra la guerra que querían los estudiantes. ¡Estábamos al servicio del orden! ¡Pero éramos uno contra veinte y así fue cómo se hizo la guerra!

El Zurdo no está lejos y se inquieta: revuelve el arroz en la marmita: si deja de revolver un minuto el arroz se pega. Por momentos le van llegando frases de la conversación de los hombres: quisiera estar siempre entre ellos cuando hablan de política porque no saben nada y él tiene que explicarles todo. Pero ahora no puede dejar la marmita y se retuerce las manos dando saltitos:

—¡El capitalismo! —grita de vez en cuando—. ¡La burguesía explotadora! —como para sugerirlo a los hombres que no quieren escucharlo.

—¡En Nápoles, en el cuarenta, sí señor —explica el Carabinero—, hubo una gran batalla entre los estudiantes y los carabineros! ¡Y si los carabineros los hubiésemos corrido, no habría habido guerra! ¡Pero los estudiantes querían quemar los ayuntamientos! ¡Mussolini se vio obligado a hacer la guerra!

—¡Pobrecito Mussolini! —se burlan los otros.

—¡Así os viniera un cáncer a ti y a Mussolini —grita el Duque.

Desde la cocina llegan los gritos del Zurdo, que se desgañita:

—¡Mussolini! ¡La burguesía imperialista!

—¡Los ayuntamientos! ¡Querían quemar los ayuntamientos! Y los carabineros, ¿qué podíamos hacer? ¡Si los hubiéramos puesto en su sitio, Mussolini no hacía la guerra!

El Zurdo, debatiéndose entre el deber que lo retiene junto a la marmita y las ganas de ir a hablar de la revolución, se desgañita hasta atraer la atención de Zena el Largo apodado Gorra-de-Madera y lo llama con un gesto. Zena el Largo apodado Gorra-de-Madera cree que se trata de probar el arroz y se decide a hacer el esfuerzo de levantarse. El Zurdo dice:

—¡La burguesía imperialista, diles que es la burguesía la que hace la guerra para repartirse los mercados!

—¡Mierda! —le contesta Zena volviéndole la espalda. Los discursos del Zurdo siempre le aburren: no entiende lo que dice el Zurdo, él no sabe nada de burguesía y de comunismo, un mundo donde todos tienen que trabajar no le atrae, prefiere un mundo donde cada uno se arregle por su cuenta trabajando lo menos posible.

—La libre iniciativa —bosteza Zena el Largo apodado Gorra-de-Madera, tendido boca arriba entre los rododendros, mientras se rasca a través de los desgarrones del pantalón—. Yo estoy por la libre iniciativa. Que cada uno sea libre de enriquecerse con el propio trabajo.

El Carabinero sigue exponiendo su concepción

de la historia: hay dos fuerzas que se enfrentan, los carabineros, pobres gentes como él, que quieren mantener el orden, y los estudiantes, la raza de los peces gordos, de los caballeros de la Corona de Italia, de los abogados, de los doctores, de los *commendatori*,* la raza de los que cobran sueldos que un pobre carabinero ni siquiera sueña, y todavía no tienen bastante y los mandan a ellos a hacer la guerra para aumentarlos.

—No entiendes nada —salta el Zurdo, que no puede más y ha dejado a Pin vigilando la marmita—. ¡La causa del imperialismo es la superproducción!

—¡Vete a la cocina! —le gritan—. ¡Ocúpate de que el arroz no se pegue de nuevo!

Pero el Zurdo está de pie en medio de todos ellos, pequeño y embutido en su marinera, los hombros sucios de caca de halcón, y agita los puños en un discurso que no termina nunca: el imperialismo de los financieros y los vendedores de cañones y la revolución que estallará en todos los países apenas termine la guerra, incluso en Inglaterra y en América y la abolición de las fronteras en la Internacional bajo la bandera roja.

Los hombres están tumbados entre los rododendros, con sus flacas caras comidas por la barba, el pelo caído sobre los pómulos; llevan indumentarias dispares, cuyos colores tienden a un gris mugriento y uniforme: chaquetas de bombero, de miliciano, de alemán con los galones arrancados. Son gentes que

* *Commendatori:* orden honorífica sustituida en 1951 por la Orden del Mérito de la República Italiana. *(N. de la T.)*

han llegado allí por diversos caminos, muchos desertores de las fuerzas fascistas o hechos prisioneros y absueltos, muchos todavía adolescentes, movidos por un impulso incontenible, un ansia confusa de luchar contra algo.

El Zurdo les cae antipático a todos porque desahoga su rabia en palabras y razonamientos, no en disparos: en razonamientos que no sirven para nada porque habla de enemigos desconocidos, capitalistas, financieros. Es un poco como Mussolini con su pretensión de que odiaran a los ingleses y a los abisinios, gentes a las que nunca han visto, que viven del otro lado del mar. Y los hombres lo echan a chacota: se montan a horcajadas sobre sus pequeños hombros encorvados, le dan manotazos en la gran cabeza calva, y el halconcillo Babeuf se enfurece y revuelve sus ojos amarillos.

El Trucha interviene, siempre un poco apartado, balanceando la metralleta entre las rodillas:

—Vete a preparar la comida, Zurdo.

Tampoco al Trucha le gusta discutir, es decir, le gusta solamente hablar de armas y de combates, de las nuevas metralletas pequeñas que empiezan a usar los fascistas y estaría bien conseguirlas, y sobre todo le gusta dar órdenes, apostar a los hombres en lugares protegidos y saltar disparando breves ráfagas.

—Se quema el arroz, anda, que se quema el arroz, ¿no sientes el olor? —gritan los hombres al Zurdo echándolo a empellones.

El Zurdo recurre al comisario político:

—Giacinto, comisario, ¿no dices nada? ¿Qué diablos haces?

Giacinto acaba de volver del comando, pero no sabe todavía si hay novedades, se ha encogido de hombros y dice que antes de la noche pasará el comisario de brigada para hacer una inspección. Enterados, los hombres han vuelto a tenderse entre los rododendros: ahora vendrá el comisario de brigada y lo arreglará todo, es inútil seguir pensando. También el Trucha piensa que es inútil seguir pensando, y que el comisario de brigada le dirá qué destino le espera, y también él se ha turbado entre los rododendros, aunque con más aprensión, quebrando entre los dedos ramitas de arbustos.

Ahora el Zurdo se queja con Giacinto de que en el destacamento nadie explique nunca a los hombres por qué son partisanos y qué es el comunismo. Giacinto tiene grumos de piojos que anidan en la raíz de su pelo y en el vello del bajo vientre. En cada pelo hay pegados pequeños huevos blancos y Giacinto, con un gesto que se ha vuelto mecánico, sigue aplastando liendres y bichos entre las uñas de los pulgares, produciendo un pequeño «clic».

—Muchachos —empieza a decir, resignado, como si no quisiera dejar descontento a nadie, ni siquiera al Zurdo—, cada uno sabe por qué es partisano. Yo era estañador y recorría el campo, mi grito se oía desde lejos y las mujeres iban a buscar las cacerolas agujereadas para que yo las remendara. Entraba en las casas y bromeaba con las criadas y a veces me daban huevos y un vaso de vino. Me ponía a estañar los recipientes en un prado y a mi alrededor siempre había niños que se quedaban mirando. Ahora ya no puedo recorrer los campos porque me arrestarían y hay bombardeos que acaban con todo. Por eso somos partisanos: para volver a ser estañadores, y que haya vino y huevos baratos, y que no nos arresten más y no haya más alarmas. Y además queremos el comunismo. El comunismo es que no haya más casas donde te cierren la puerta en las narices. Que no haya que meterse de noche en los gallineros a robar. El comunismo es que entres en una casa donde estén tomando la sopa y te den sopa, aunque seas estañador, y si comen pan dulce, en Navidad, te den pan dulce. Eso es el comunismo. Por ejemplo, aquí estamos todos llenos de piojos, tantos que mientras dormimos nos movemos porque los piojos nos arrastran. Y yo fui al comando de brigada y vi que tenían polvo insecticida. Entonces dije: bonitos comunistas sois, de esto no nos mandáis al destacamento. Y ellos dijeron que nos mandarán polvo insecticida. Eso es el comunismo.

Los hombres lo han escuchado atentamente y aprueban: estas son palabras que todos entienden bien. Y el que estaba fumando le pasa la colilla al compañero y el que tiene que montar guardia se promete que no hará trampas con los turnos y que estará una hora justa sin llamar al relevo. Y ahora discuten sobre el polvo insecticida que les tocará, si matará también los huevos o sólo los piojos o si se limitará a atontarlos de manera que una hora después piquen más que antes.

Nadie volvería a discurrir sobre la guerra si no fuera por el Primo:

—Se dirá lo que se quiera, pero para mí la guerra la han querido las mujeres.

El Primo es más pesado que el cocinero cuando se pone con su historia de mujeres, pero por lo menos no quiere convencer a nadie y parece lamentarse sólo de su propia suerte.

—Yo hice Albania, hice Francia, hice Africa —dice—, estuve ochenta y tres meses con los cazadores alpinos. Y en todas partes he visto que las mujeres estaban allí esperando a que los soldados salieran, y cuanto más hediondos y piojosos, más contentas se ponían. Una vez me dejé convencer y lo que gané fue apestarme y me pasé tres meses que para mear tenía que apoyarme en las paredes. Y cuando uno está así en tierras lejanas y sólo ve a su alrededor mujeres como ésas, el único consuelo que le queda es pensar en su casa, en su mujer si la tiene, o en su novia, y decir: por lo menos ella se salva. Pero después vuelve y, sí señor, descubre que su mujer, mientras él estaba lejos, cobraba los subsidios y se acostaba con éste o con aquél.

Los compañeros saben que ésta es la historia del Primo, que su mujer lo traicionaba con todos cuando él se iba y que tuvo hijos no se sabe de quién.

—Pero no basta —continúa el Primo—. ¿Sabéis por qué los fascistas siguen atrapando a los nuestros? Porque está lleno de mujeres espías que denuncian a los maridos, mientras os estoy hablando todas nuestras mujeres están sentadas en las rodillas de los fascistas lustrándoles las armas para que vengan a matarnos.

Los hombres empiezan a hartarse y a protestar: está bien que él no haya tenido suerte, que su mujer lo haya denunciado a los alemanes para quitárselo de encima y lo haya obligado a echarse al monte, pero ésa no es una buena razón para insultar a las mujeres de los demás.

—Mirad —dice el Primo—, basta que llegue una mujer a un lugar y... ya sabéis lo que quiero decir...

Ahora los hombres no lo contradicen porque han entendido la alusión y quieren saber hasta dónde va a llegar.

—... basta que llegue una mujer y en seguida hay un estúpido que pierde la cabeza... —dice el Primo. El Primo es de los que prefieren ser amigo de todos, pero no tiene pelos en la lengua y cuando cree que debe decir algo, lo dice aunque sea a los comandantes.

—... cuando el estúpido es un tipo cualquiera, paciencia, pero si es un estúpido que tiene responsabilidades...

Todos miran al Trucha: está un poco apartado pero seguramente escucha. Los hombres tienen un poco de miedo de que el Primo exagere y se arme un follón.

—... y al final, por una mujer, se incendia una casa...

Ya está, ya lo ha dicho, piensan los hombres, ahora va a pasar algo. Es preferible, dicen, tenía que suceder.

Pero en ésas se oye un estruendo y todo el cielo se llena de aeroplanos. La atención general se desplaza. Es un gran formación de bombarderos, tal vez alguna ciudad quede arrasada y humeante. Pin siente vibrar la tierra bajo el estruendo y la amenaza de las toneladas de bombas que pasan suspendidas sobre su cabeza. En ese momento la Ciudad Vieja se está vaciando de la pobre gente que se amontona en el barro del túnel. Se oyen truenos sordos hacia el sur.

Pin ve que el Trucha se ha subido a una elevación y mira la garganta del valle con sus binoculares. Se le acerca. El Trucha sonríe con su boca mala y triste, tratando de enfocar.

—¿Después me dejas ver a mí, Trucha? —dice Pin.

—Ten —contesta el Trucha y le pasa los binoculares.

En la confusión de colores de las lentes, aparece poco a poco la cresta de las últimas montañas antes del mar y ve alzarse una gran humareda blanquecina. Otros truenos, allá: el bombardeo continúa.

—¡Hale, al diablo con todo! —dice el Trucha golpeando con el puño en la palma—. ¡Mi casa primero! ¡Al diablo con todo! ¡Mi casa primero!

9

Al anochecer llegan el comandante Ferriera y el comisario Kim. Fuera suben velos de niebla como puertas que se golpean una tras otra y los hombres se apretujan en la barraca, en torno al fuego y a los dos de la brigada. Los dos pasan el paquete de cigarrillos entre los hombres hasta que se vacía. Son de pocas palabras: Ferriera es retaco, de barba rubia, y usa sombrero de cazador alpino; tiene unos grandes ojos claros y fríos que alza siempre a medias mirando desde abajo; Kim es larguirucho, de larga cara rojiza, y se mordisquea los labios.

Ferriera es un obrero nacido en la montaña, siempre frío y límpido; escucha con una ligera sonrisa de asentimiento y mientras tanto decide por su cuenta: cómo formará la brigada, cómo se dispondrán las armas pesadas, cuándo habrán de entrar en acción los morteros. La guerra partisana para él es algo exacto, perfecto como una máquina, es la aspiración revolucionaria madurada en el trabajo, llevada al escenario de sus montañas que conoce palmo a palmo, donde puede desplegar audacia y astucia.

Kim, en cambio, es estudiante: tiene un deseo enorme de lógica, de seguridad en cuanto a las causas y los efectos, y sin embargo su mente se llena a cada instante de interrogantes no resueltos. Hay en él un enorme interés por el género humano: por eso estudia medicina, porque sabe que la explicación de todo está en esa masa de células en movimiento, no en las categorías filosóficas. Será médico de cerebros: psiquiatra; no cae simpático a los hombres porque los mira siempre fijo a los ojos, como si quisiera descubrir el nacimiento de sus pensamientos, y de pronto sale con preguntas a quemarropa, preguntas que no vienen a cuento, sobre ellos, sobre su infancia. Después, detrás de los hombres, la gran máquina de las clases que avanzan, la máquina impulsada por los pequeños gestos cotidianos, la máquina donde otros gestos arden sin dejar huellas: la historia. Todo debe ser lógico, todo debe entenderse, tanto en la historia como en la cabeza de los hombres, pero entre una y otra hay un vacío, una zona oscura donde las razones colectivas se vuelven razones individuales, con monstruosas desviaciones y colisiones inesperadas. Y el comisario Kim recorre cada día los destacamentos con su pequeña *Sten* colgada de un hombro, discute con los comisarios, con los comandantes, estudia a los hombres, analiza las posiciones de unos y de otros, descompone cada problema en elementos diferentes, «a, be, ce», dice; todo claro, todo debe ser claro tanto en los otros como en él mismo.

Ahora los hombres se agolpan alrededor de Ferriera y de Kim, y hacen preguntas sobre la guerra: la lejana, la de los frentes militares, y la cercana y amenazadora, la de ellos. Ferriera explica que no hay que esperar nada de los ejércitos aliados, sostiene que los partisanos conseguirán, ellos solos, hacer frente al enemigo. Después transmite la gran novedad del día: una columna alemana sube por el valle para organizar batidas por toda la montaña: conocen los lugares donde están acampados e incendiarán casas y pueblos. Pero toda la brigada se apostará al alba en las crestas de las montañas y vendrán también refuerzos de las otras brigadas: los alemanes se encontrarán de pronto dispersos en la carretera, bajo una lluvia de hierro y fuego, y tendrán que batirse en retirada.

Hay entonces entre los hombres un gran movimiento de espaldas, de manos que se estrechan, de palabras pronunciadas con los dientes apretados: en ellos la batalla ya ha comenzado, los hombres tienen ya la cara de la batalla, tensa y dura, y buscan las armas para sentir el contacto del hierro entre sus manos.

—Han visto el incendio y vienen hacia aquí: ya lo sabíamos —dice uno de ellos. El Trucha está de pie, un poco apartado; los reflejos de las llamas le iluminan los párpados bajos.

—El incendio, seguramente, el incendio también. Pero hay otra cosa —dice Kim y lanza una bocanada de humo, lentamente. Los hombres callan: también el Trucha alza los ojos—. Uno de los nuestros nos ha traicionado —agrega. Ahora el aire se pone tenso como si soplara un viento que se metiera en los huesos, el aire de la traición frío y húmedo como el viento de pantano que se siente cada vez que llega a los campamentos una noticia como ésta.

—¿Quién ha sido?

—Piel. Se presentó a la brigada negra. Así, por sí solo, sin que lo hubieran apresado. Han fusilado ya a cuatro de los nuestros que estaban en la cárcel. Asiste a los interrogatorios de todos los que caen prisioneros y los denuncia.

Esta es una de esas noticias que meten en la sangre una desesperación ciega y no dejan pensar. Pocas noches antes Piel estaba con ellos y decía: ¡demos un golpe como yo digo, ya veréis! Parece casi extraño no oír detrás de ellos su respiración de nariz tapada por el resfriado, mientras engrasa la ametralladora para el combate del día siguiente. En cambio ahora Piel está allá, en la ciudad prohibida, con una gran calavera en su gorra negra, con armas nuevas y espléndidas, sin tener miedo de las batidas, y siempre con esa furia que hace parpadear sus ojitos enrojecidos por el resfriado, que le hace humedecer los labios quemados, furia contra ellos, sus compañeros de ayer, furia sin odio ni rencor, como en un juego entre compañeros cuya única salida es la muerte.

Pin piensa de pronto en su pistola: Piel, que conoce todos los senderos que rodean el zanjón donde tumbaba a las muchachas, tal vez la ha encontrado y ahora la lleva sobre el uniforme de la brigada negra, brillante y engrasada como suele tener él las armas. Si es que no era puro cuento eso de que conocía el lugar de los nidos, un cuento inventado para irse a la ciudad a traicionar a los compañeros y recibir una provisión de nuevas armas alemanas que disparan casi sin hacer ruido.

—Ahora hay que matarlo —dicen los compañeros; lo dicen aceptando una especie de fatalidad y tal vez secretamente prefieran que vuelva con ellos al día siguiente, cargado de armas nuevas, y que siga en su lúgubre juego haciendo la guerra, turnándose, a favor de ellos y contra ellos.

—Lobo Rojo ya ha bajado a la ciudad a organizar el *gap* contra él —dice Ferriera.

—También iría yo —dicen varios. Pero Ferriera dice que más bien hay que pensar en prepararse para la batalla del día siguiente, que será decisiva, y los hombres se dispersan para preparar las armas y distribuirse las tareas del batallón.

Ferriera y Kim llaman al Trucha y se apartan con él.

—Hemos recibido el informe sobre el incendio —le dicen.

—Así fue —dice el Trucha. No tiene ganas de justificarse. Ahora, que sea lo que Dios quiera.

—¿Hay hombres que sean responsables del incendio? —pregunta Kim.

El Trucha dice:

—Toda la culpa es mía.

Los dos lo miran, serios. El Trucha piensa en lo bueno que sería dejar el destacamento y esconderse en un lugar que él conoce, a esperar el fin de la guerra.

—¿Tienes algo que decir para justificarte? —le preguntan todavía, con una paciencia que ataca los nervios.

—No. Así fue.

Ahora dirán: «Vete», o bien: «Te vamos a fusilar». Pero Ferriera dice:

—Bien. De esto habrá tiempo de hablar otro día. Ahora se avecina la batalla. ¿Te sientes en forma, Trucha?

El Trucha tiene los ojos clavados en el suelo:

—Yo estoy enfermo —dice.

—Se trata —dice Kim— de que mañana estés perfectamente curado. La batalla de mañana es muy importante para ti. Muy, muy importante. Piénsalo.

No le quitan los ojos de encima y el Trucha siente cada vez más el deseo de dejarse ir a la deriva.

—Estoy enfermo. Estoy muy enfermo —repite.

—Así que —dice Ferriera— mañana os apostaréis en la cresta del Peregrino, desde el pilón hasta la segunda garganta, ¿me entiendes? Después habrá que desplazarse, llegarán órdenes. Las patrullas y los grupos tendrán que estar bien separados: que los ametralladores con sus asistentes y los fusileros puedan desplazarse cuando haga falta. Todos los hombres tienen que ir al combate, no se excluye a nadie, ni al furriel ni al cocinero.

El Trucha ha seguido la explicación con pequeños gestos de asentimiento y sacudiendo la cabeza.

—No se excluye a nadie, ni siquiera al cocinero —repite atento.

—A la madrugada todos en la cresta, ¿has entendido? —Kim lo mira mordiéndose el bigote—: Espero que hayas entendido bien, Trucha.

Es como si hubiera afecto en su voz, pero tal vez sólo sea un tono persuasivo, dada la gravedad de la batalla.

—Estoy muy enfermo —dice el Trucha—, muy enfermo.

El comisario Kim y el comandante Ferriera caminan solos por la montaña oscura, hacia otro campamento.

—¿Te has convencido de que es un error, Kim? —dice Ferriera.

Kim menea la cabeza:

—No es un error —dice.

—Sí, hombre —dice el comandante—. Fue desacertada tu idea de querer formar un destacamento exclusivamente con hombres poco fiables, y con un comandante menos fiable todavía. Ya ves los resultados. Si los hubiéramos distribuido unos por aquí y otros por allá, entre los buenos, habría sido más fácil hacerlos marchar derecho.

Kim sigue mordiéndose los bigotes:

—Para mí —dice—, este es el destacamento del que estoy más contento.

Poco falta para que Ferriera pierda la calma: alza los ojos fríos y se rasca la frente.

—Pero Kim, ¿cuándo entenderás que ésta es una brigada de asalto, no un laboratorio experimental? Comprendo que te dé una satisfacción científica el control de las reacciones de estos hombres, todos distribuidos en el orden que tú has querido, proletariado por un lado, campesinos por el otro, y después los subproletarios, como tú les llamas... El trabajo político que deberías hacer consistiría, me parece, en mezclarlos a todos y dar conciencia de clase a quien no la tiene, y conseguir esa bendita unidad... Sin contar además el rendimiento militar...

A Kim le cuesta expresarse, menea la cabeza:

—Cuentos —dice—, cuentos. Los hombres combaten, todos, hay en ellos la misma furia, es decir, la misma no, cada uno tiene su furia, pero ahora combaten todos juntos, todos por igual, unidos. Y además está el Trucha, está Piel... Tú no entiendes cuánto les cuesta... Pues bien, la misma furia, también ellos... Basta una nada para salvarlos o para perderlos... Ese es el trabajo político... Darles un sentido...

Cuando discute con los hombres, cuando analiza la situación, Kim es terriblemente claro, dialéctico. Pero cuando se le habla así, frente a frente, para que exponga sus ideas, da vértigo. Ferriera ve más simples las cosas:

—Bueno, démosle ese sentido, encuadrémoslos un poco como digo yo.

Kim se sopla los bigotes:

—Mira, éste no es un ejército, como para poder decirles: el deber es éste. Aquí no puedes hablar de deber, no puedes hablar de ideales: patria, libertad, comunismo. No quieren oír hablar de ideales, ideales los puede tener cualquiera, también los del otro lado los tienen. ¿Has visto lo que sucede cuando el cocinero extremista empieza con su prédica? Todo el mundo le grita, lo sacan a patadas. No necesitan ideales, ni mitos, ni gritar vivas. Aquí se lucha y se muere así, sin gritar vivas.

—¿Y entonces, por qué? —Ferriera sabe por qué lucha, para él todo es perfectamente claro.

—Mira —dice Kim—, a esta hora los destacamentos empiezan a subir hacia sus posiciones, en silencio. Mañana habrá muertos, heridos. Ellos lo saben. ¿Qué los empuja a esta vida, qué los empuja a luchar, eh, dime? Mira, están los campesinos, los habitantes de estas montañas, para ellos ya es más fácil. Los alemanes queman los pueblos, se llevan las vacas. La de ellos es la primera guerra humana, la defensa de la patria, los campesinos tienen una patria. Por eso los vemos con nosotros, jóvenes y viejos, con sus fusiles de mala muerte y sus cazadoras de fustán, pueblos enteros que toman las armas; nosotros defendemos la patria de ellos, ellos están con nosotros. Y la patria se convierte en un ideal de verdad para ellos, los trasciende, se identifica con la lucha: ellos sacrifican incluso las casas, incluso las vacas con tal de seguir combatiendo. Para otros campesinos, en cambio, la patria es una cosa egoísta: casa, vacas, cosecha. Y para conservar todo se vuelven espías, fascistas; pueblos enteros que son enemigos nuestros... Después los obreros. Los obreros tienen una historia de salarios, de huelgas, de trabajo y lucha codo a codo. Forman una clase los obreros. Saben que hay algo mejor en la vida y que se debe luchar por alcanzarlo. Ellos también tienen una patria, una patria que han de conquistar y combaten para conquistarla. Allá en la ciudad hay fábricas que serán suyas; ya están viendo los carteles rojos en las paredes y banderas izadas en las chimeneas. Pero no hay sentimentalismo en ellos. Comprenden la realidad y el modo de cambiarlas. Y después hay algunos intelectuales y estudiantes, pero pocos, aquí y allá, con ideas en las cabeza, vagas y a menudo equivocadas. Tienen una patria hecha de palabras, o a lo sumo de algunos libros. Pero verán en la pelea que las palabras ya no tienen ningún significado, y descubrirán cosas nuevas en la lucha de los hombres y combatirán entonces sin hacerse preguntas, hasta que encuentren palabras nuevas y recuperen las antiguas, pero cambiadas, con significados insospechados. ¿Y qué más? Prisioneros extranjeros, escapados de los campos de concentración que se han unido a nosotros; ésos combaten por una patria verdadera, una patria lejana a la que quieren llegar y que es patria justamente porque está lejos. ¿Pero comprendes que ésta es una lucha de símbolos, que para matar a un alemán uno no tiene que pensar en ese alemán sino en otro, en un juego de trasposiciones en el que se disloca el cerebro, en el que cada cosa o persona se convierte en una sombra chinesca, en un mito?

Ferriera se retuerce la barba rubia; él no ve nada de todo eso.

—No es así —dice.

—No es así —continúa Kim—, yo también lo sé. No es así. Porque hay algo más, una furia común a todos. El destacamento del Trucha: rateros, carabineros, milicianos, tipos del mercado negro, vagabundos. Gente que se acomoda a las plagas de la sociedad y se adapta a todas las deformaciones, que no tiene nada que defender y nada que cambiar. O físicamente tarados, o maníacos, o fanáticos. Una idea revolucionaria no puede surgir en ellos, atados como están a la rueda que los muele. O surgirá torcida, hija de la rabia, de la humillación, como en las monsergas del cocinero extremista. ¿Entonces por qué combaten? No tienen ninguna patria, ni verdadera ni inventada. Y sin embargo tú sabes que hay en ellos valor, que también hay furia en ellos. Es la ofensa de sus vidas, la oscuridad de sus calles, la suciedad de sus casas, las palabras obscenas que han aprendido de niños, el esfuerzo de tener que ser malos. Y basta una nadería, un paso en falso, un encabritamiento del alma para encontrarse del otro lado, como Piel, en la brigada negra, disparando con la misma furia, con el mismo odio, contra los unos o los otros, lo mismo da.

Ferriera gruñe entre sus barbas:

—Entonces el espíritu de los nuestros... y el de la brigada negra... ¿es lo mismo?

—Lo mismo, ¿comprendes lo que quiero decir?, lo mismo... —Kim se ha detenido y señala con un dedo como si marcara la línea que está leyendo—, lo mismo pero todo lo contrario. Porque aquí estamos en lo justo, allá en el error. Aquí se resuelve algo, allá remachan sus propias cadenas. El peso del mal que gravita sobre los hombres del Trucha, el peso que gravita sobre todos nosotros, sobre mí, sobre ti, esa furia antigua que hay en todos nosotros y que se desahoga en disparos, en enemigos muertos, es la misma que hace disparar a los fascistas, que los lleva a matar con la misma esperanza de purificación, de rescate. Pero además está la historia. Y nosotros, en la historia, estamos del lado del rescate, ellos del otro. Entre nosotros nada se pierde, ningún gesto, ningún disparo, aunque sean iguales a los de ellos, ¿me entiendes?, iguales a los de ellos, nada se pierde, todo servirá si no para liberarnos, para liberar a nuestros hijos, para construir una sociedad sin rabia, serena, en la que se pueda no ser malos. El otro es el lado de los gestos perdidos, de los furores inútiles, perdidos e inútiles aunque triunfen, porque no hacen historia, no sirven para liberar sino para repetir y perpetuar esa furia y ese odio, hasta que al cabo de otros veinte o cien o mil años volvamos así, nosotros y ellos, a combatir con el mismo odio anónimo en los ojos, y sin embargo, tal vez sin saberlo, nosotros siempre para redimirnos, ellos para seguir siendo esclavos. Este es el significado de la lucha, el significado verdadero, total, más allá de los diversos significados oficiales. Un impulso hacia el rescate humano, elemental, anónimo, de todas nuestras humillaciones: de su explotación para el obrero, de su ignorancia para el campesino, de sus inhibiciones para el pequeño burgués, de su corrupción para el paria. Yo creo que nuestro trabajo político es éste, utilizar incluso nuestra miseria humana, utilizarla contra sí misma, para nuestra redención, así como los fascistas utilizan la miseria para perpetuar la miseria, y utilizan al hombre contra el hombre.

De Ferriera, en la oscuridad, se ve el azul de los ojos y el rubio de la barba: menea la cabeza. El no conoce la furia: es preciso como un mecánico y práctico como un montañés, la lucha es para él una máquina exacta, una máquina cuya funcionamiento y finalidad se conocen.

—Parece imposible —dice—, parece imposible que con tantas patrañas en la cabeza puedas ser un comisario como se debe y hablar a los hombres con tanta claridad.

A Kim no le disgusta que Ferriera no comprenda: a los hombres como él hay que hablarles en términos exactos, hay que decirles «a, be, ce», las cosas son seguras o son «patrañas», no hay zonas ambiguas y oscuras para ellos. Pero Kim no piensa esto porque se crea superior a Ferriera: su meta es poder razonar como Ferriera, no tener otra realidad más que la de Ferriera, todo lo demás no sirve.

—Bueno. Salud. —Han llegado a un cruce. Ahora Ferriera irá a ver al Pierna y Kim al Rayo. Tienen que inspeccionar todos los destacamentos esa noche, antes de la batalla, y deben separarse.

Todo lo demás no sirve. Kim camina solo por los senderos, colgada del hombro el arma flaca que parece una muleta: la *Sten*. Todo lo demás no sirve. En la oscuridad los troncos tienen extrañas formas humanas. El hombre lleva en su interior, durante toda la vida, sus miedos infantiles. «Tal vez», piensa Kim, «si no fuera comisario de brigada tendría miedo. Llegar a no tener miedo, ésta es la meta última del hombre.»

Kim es lógico cuando analiza con los comisarios la situación de los destacamentos, pero cuando va razonando solo por los senderos, las cosas se vuelven misteriosas y mágicas, la vida de los hombres llena de milagros. Tenemos todavía la cabeza llena de milagros y de magia, piensa Kim. De vez en cuando le parece que anda en un mundo de símbolos, como el pequeño Kim en medio de la India, en el libro de Kipling que tantas veces releyó de pequeño.

«Kim... Kim... ¿Quién es Kim...?»

—¿Por qué camina esa noche por la montaña, por qué prepara una batalla, es responsable de vidas y de muertes después de su melancólica infancia de niño rico, después de su descolorida adolescencia de muchacho tímido? A veces le parece que es presa de furibundos desequilibrios, que actúa movido por la historia. No, sus pensamientos son lógicos, puede analizar cada cosa con perfecta claridad. Pero no es un hombre sereno. Serenos eran sus padres, los grandes padres burgueses que creaban la riqueza. Serenos son los proletarios que saben lo que quieren, los campesinos que ahora están de guardia en sus pueblos, serenos son los soviéticos que lo han decidido todo y ahora hacen la guerra con encarnizamiento y método, no porque les parezca bien sino porque es necesario. ¡Los bolcheviques! La Unión Soviética tal vez sea ya un país sereno. Tal vez no haya allá más miseria humana. ¿Llegará él, Kim, a ser sereno alguna vez? Quizás un día llegaremos a ser todos serenos y dejaremos de entender muchas cosas porque lo entenderemos todo.

Pero aquí los hombres tienen todavía ojos turbios y caras hirsutas, y Kim se ha encariñado con estos hombres y con el impulso de redención que actúa en ellos. Ese chico del destacamento del Trucha, ¿cómo se llama? ¿Pin? Con su cara pecosa contorsionada por la rabia, incluso cuando ríe... Dicen que es hermano de una prostituta. ¿Por qué combate? No sabe que combate para no seguir siendo hermano de una prostituta. Y esos cuatro cuñados «terroni»,* pobres paletos meridionales a los que se considera extranjeros, combaten para no seguir siendo «terroni». Y ese carabinero combate para no sentirse más carabinero, esbirro a expensas de sus semejantes. Y el Primo, el gigantesco, el bueno e implacable Primo... dicen que quiere vengarse de una mujer que lo traicionó... Todos tenemos una herida secreta y combatimos para redimirla. ¿Ferriera también? Tal vez Ferriera también: la rabia de no poder hacer que el mundo marche como él quiera. Lobo Rojo no: para Lobo Rojo es posible todo lo que quiere. Hay que hacerle querer cosas justas: éste es trabajo político, trabajo de comisario. Y aprender que es justo lo que él quiere: éste también es trabajo político, trabajo de comisario.

Un día, quizá, yo deje de entender estas cosas, piensa Kim, todo será sereno en mí y comprenderé a los hombres de un modo totalmente distinto, más justo quizá. ¿Por qué quizá? Bueno, entonces no diré más quizá, no habrá más quizás en mí. Y mandaré fusilar al Trucha. Ahora estoy demasiado unido a ellos, a todas sus tortuosidades. Al Trucha también: sé que el Trucha debe de sufrir terriblemente por ese puntillo de honor de hacer maldades a toda costa. No hay nada en el mundo más doloroso que ser malo. Un día, de pequeño, me encerré dos días en mi cuarto sin comer. Sufrí terriblemente pero no abrí y tuvieron que poner una escalera para sacarme por la ventana. Tenía un enorme deseo de que me

* *Terroni*: término peyorativo que se aplica a los italianos del sur; combina las palabras «terremoto» y «meridional». *(N. de la T.)*

compadecieran. El Trucha hace lo mismo. Pero sabe que lo fusilaremos. Quiere que lo fusilen. Es un deseo que a veces asalta a los hombres. Y Piel, ¿qué hará Piel en este momento?

Kim camina por un bosque de alerces y piensa en Piel allá en la ciudad, con la calavera en la gorra, patrullando durante el toque de queda. Estará solo, Piel, con su odio anónimo, equivocado, solo con su traición que lo roe por dentro y le hace ser todavía más malo para justificarse. Disparará ráfagas a los gatos, durante el toque de queda, con rabia, y los burgueses se sobresaltarán en sus camas, despertándose con los disparos.

Kim piensa en la columna de alemanes y fascistas que tal vez van avanzando por el valle, desde la cresta de las montañas hacia el alba que los inundará de muerte. Es la columna de los gestos perdidos: ahora un soldado que se despierta con un barquinazo del camión piensa: te quiero, Kate. Dentro de seis, siete horas morirá, lo matarán; aunque no hubiera pensado «te quiero, Kate», habría sido lo mismo, todo lo que hace y piensa está perdido, borrado por la historia.

En cambio yo camino por un bosque de alerces y cada paso mío es historia; pienso: te quiero, Adriana, y esto es historia, tiene grandes consecuencias, yo me comportaré mañana en la batalla como un hombre que ha pensado esta noche: «te quiero, Adriana». Tal vez no haga cosas importantes, pero la historia está hecha de pequeños gestos anónimos, tal vez mañana moriré, quizás antes que ese alemán, pero todo lo que haga antes de morir y mi muerte misma serán trocitos de historia, y todo lo que pienso ahora influirá en mi historia de mañana, en la historia de mañana del género humano.

Naturalmente que ahora, en vez de fantasear como hacía de niño, yo podría estudiar mentalmente los detalles del ataque, la disposición de las armas y de las escuadras. Pero me gusta demasiado seguir pensando en esos hombres, estudiarlos, hacerles hacer descubrimientos sobre ellos mismos. ¿Qué harán «después», por ejemplo? ¿Reconocerán en la Italia de posguerra algo de lo que han hecho ellos? ¿Comprenderán el sistema que habrá que aplicar entonces para seguir nuestra lucha, la larga lucha siempre diferente de la redención humana? Lobo Rojo lo entenderá, digo yo: ¿cómo hará para llevarlo a la práctica, él, tan aventurero e ingenioso, sin tener más posibilidad de golpes de mano y de evasiones? Todos deberían ser como Lobo Rojo. Todos deberíamos ser como Lobo Rojo. Habrá en cambio quien seguirá con su furia anónima, otra vez individualista, y por lo tanto estéril: caerá en la delincuencia, en la gran máquina de las furias perdidas, olvidará que la historia ha caminado a su lado, un día, que ha respirado a través de sus dientes apretados. Los ex fascistas dirán: ¡los partisanos! ¡Ya lo decía yo! ¡Me di cuenta en seguida! Y no habrán entendido nada, ni antes, ni después.

Un día Kim se serenará. Todo está ya claro en él: el Trucha, Pin, los cuñados calabreses. Sabe cómo comportarse con unos y con otros, sin miedo ni piedad. A veces, mientras camina en la noche, la niebla de las almas se le condensa alrededor, como la niebla del aire, pero él es un hombre que analiza, «a, be, ce», dirá a los comisarios de destacamento, es un «bolchevique», un hombre que domina las situaciones. Te quiero, Adriana.

El valle está lleno de niebla y Kim baja por un borde pedregoso como por la orilla de un lago. Los alerces emergen de las nubes como postes para amarrar barcas. Kim... Kim... ¿quién es Kim? El comisario de brigada se siente como el héroe de la novela leída en la infancia: Kim, el chico mitad inglés mitad indio que viaja por la India con el viejo Lama Rojo en busca del río de la purificación.

Hace dos horas hablaba con el bandido del Trucha, con el hermanito de la prostituta; ahora llega al destacamento del Rayo, el mejor de la brigada. Hay un grupo de rusos con el Rayo, ex prisionero escapado de los trabajos de fortificación de la frontera.

—¿Quién vive?

Es el centinela: un ruso.

Kim dice su nombre.

—¿Tú traer novedades, comisario?

Es Alexei, hijo de un mujik, estudiante de ingeniería.

—Mañana tendremos batalla, Alexei.

—¿Batalla? ¿Cien fascistas *kaput*?

—No sé cuántos *kaput,* Alexei. Ni siquiera sé bien cuántos vivos.

—*Sal y tabaco,* comisario.

Sal y tabaco es la frase italiana que más ha impresionado a Alexei, la repite siempre como un estribillo, un buen deseo.

—*Sal y tabaco,* Alexei.

Mañana habrá una gran batalla. Kim está sereno. «A, be, ce», dirá. Sigue pensando: te quiero, Adriana. La historia es esto, nada más que esto.

10

La mañana todavía está oscura, no ha aclarado cuando en torno a la barraca los hombres del Trucha con movimientos silenciosos se preparan para partir. Se envuelven los hombros con las mantas: hará frío en los pedregales de la cresta, antes de que llegue la madrugada. Los hombres, en lugar de pensar en su destino, piensan en el de las mantas que llevan consigo: las perderán al huir, quizá se empapen de sangre cuando mueran, quizá se las lleve un fascista y las exhiba en la ciudad como botín. ¿Pero qué importa una manta?

Por encima de sus cabezas, como entre las nubes, oyen moverse la columna enemiga. Grandes ruedas que giran en las carreteras polvorientas, con los faros apagados, pasos de soldados ya cansados que preguntan a los cabos: ¿falta mucho? Los hombres del Trucha hablan en voz baja como si la columna estuviera pasando detrás de la pared de la barraca.

Ahora meten las cucharas en las escudillas de castañas hervidas: vaya a saber cuándo volverán a comer. Esta vez hasta el cocinero irá al combate: distribuye las castañas a golpes de cucharón, maldiciendo en voz baja, con los ojos hinchados de sueño. También Giglia se ha levantado y da vueltas entre los hombres atareados sin poder serles útil. De vez en cuando el Zurdo se queda inmóvil, mirándola.

—Oye, Giglia —dice—, no es prudente que te quedes aquí en el campamento, sola. Nunca se sabe.

—¿Y adónde quieres que vaya? —dice Giglia.

—Ponte la falda y vete a un pueblo, a las mujeres no les harán nada. Trucha, dile que se vaya, que no puede quedarse aquí sola.

El Trucha no ha comido castañas; dirige los preparativos de los hombres casi sin palabras, con el cuello levantado. No alza la cabeza y no contesta en seguida.

—No —dice—. Mejor que te quedes aquí.

Giglia echa una ojeada al marido como diciéndole: «¿Has visto?» y termina por tropezar con el Primo, que sin levantar siquiera la mirada dice:

—Quítate de en medio.

Ella vuelve sobre sus pasos y se mete en la casa, a dormir.

Pin también da vueltas entre los hombres, como un perro de caza que ve al amo haciendo sus preparativos.

«La batalla», piensa, tratando de excitarse. «Ahora viene la batalla.»

—Entonces —le dice a Giacinto—, ¿cuál me llevo?

El comisario apenas le hace caso:

—¿Cómo? —dice

—¿Qué fusil me llevo?

—¿Tú? —dice Giacinto—. Tú no vienes.

—Sí que voy.

—Quítate de ahí. No está como para llevar mocosos. El Trucha no quiere. Quítate de ahí.

Pin se llena de rabia, los seguirá desarmado, burlándose, hasta que le disparen.

—Trucha, Trucha, ¿es cierto que no quieres que vaya?

El Trucha no contesta, aspira breves bocanadas de una colilla como si la mordiera.

—Ya ves —exclama Pin—. Joder, dice que no es cierto.

«Ahora me planta un bofetón», piensa. Pero el Trucha no dice nada.

—¿Puedo ir al combate, Trucha? —pregunta Pin.

El Trucha fuma.

—El Trucha dice que puedo ir, ¿has oído, Giacinto?

Ahora el Trucha dirá: «¡Termina de una vez! ¡Te quedas aquí!», dirá.

Pero no dice nada; ¿por qué será?

Pin dice, en voz muy alta:

—Entonces voy.

Y se acerca al lugar donde han quedado las armas libres, a pasos lentos, silbando para llamar la atención. Escoge el fusil más ligero.

—Entonces me llevo éste —dice en voz alta—. ¿Es de alguien, éste?

Nadie le contesta. Pin vuelve sobre sus pasos, balanceando el fusil, sujeto por la correa, hacia delante y atrás. Se sienta en el suelo, justo delante del Trucha, y empieza a examinar el obturador, el alza, el gatillo.

Canturrea:

—¡Tengo un fusil! ¡Tengo un fusil!

Alguien le dice:

—¡Calla! ¿Te has vuelto idiota?

Los hombres forman filas, escuadra por escuadra, grupo por grupo, los portamuniciones se distribuyen los turnos.

—Entonces estamos de acuerdo —dice el Trucha—. El destacamento se apostará entre el pilón del Peregrino y la segunda garganta. El Primo asumirá el comando. Allí recibiréis órdenes del batallón.

Ahora todos los hombres le clavan los ojos, ojos somnolientos y turbios, cruzados por mechones de pelo.

—¿Y tú? —le preguntan.

El Trucha tiene legañas en las pestañas bajas.

—Yo estoy enfermo —dice—. No puedo ir.

Ya está, que ocurra lo que Dios quiera. Los hombres aún no han dicho nada. «Soy un hombre acabado», piensa el Trucha. Ahora, que sea lo que Dios quiera. Es terrible que los hombres no digan nada, que no protesten: quiere decir que ya lo han condenado, están contentos de que haya rehusado la última prueba, tal vez se lo esperaban de él. Y sin embargo no entienden qué lo impulsa a proceder así: ni siquiera él, el Trucha, sabe bien por qué; pero ahora, que todo salga como Dios quiera, no hay más que abandonarse a la deriva.

En cambio Pin lo comprende todo: está muy atento, la lengua entre los dientes, las mejillas encendidas. Allá, medio enterrada en el heno, está Giglia, con su pecho caliente debajo de la camisa de hombre. De noche, metida en el heno, tiene calor y no para de dar vueltas. Una vez, mientras todos dormían, se levantó, se quitó los pantalones y se envolvió desnuda en las mantas: Pin la vio. Mientras en el valle arrecie la batalla, en la barraca ocurrirán cosas asombrosas, mil veces más excitantes que el combate. Por eso el Trucha permite que Pin vaya a pelear. Pin ha dejado el fusil a sus pies, sigue cada movimiento con los ojos, muy atento. Los hombres forman en orden: nadie le dice a Pin que se ponga en fila.

En ese momento el halconcillo empieza a revolotear entre las vigas del techo, a agitar las alas mochas como en un acceso de desesperación.

—¡Babeuf! ¡Tengo que darle de comer a Babeuf! —dice el Zurdo y corre a buscar el saquito con las vísceras para el pájaro. Entonces todos los hombres se vuelven contra él y contra el animal, es como si quisieran volcar todo su rencor en algo definido.

—¡Así os murierais tú y tu halconcillo! ¡Pajarraco de mal agüero! ¡Cada vez que canta ocurre un desastre! ¡Retuércele el pescuezo!

El Zurdo está delante de ellos, el pájaro agarrado al hombro con sus patas; le va dando trocitos de carne y mira a sus compañeros con odio:

—El halconcillo es mío y no tenéis nada que decir, y si quiero me lo llevo a la batalla, ¿de acuerdo?

—Retuércele el pescuezo —grita Zena el Largo apodado Gorra-de-Madera—. ¡No es hora de pensar en halconcillos! ¡Retuércele el pescuezo o se lo retorcemos nosotros!

Y trata de atraparlo. Recibe en el dorso de la mano un picotazo que le hace brotar sangre. El pájaro eriza las plumas, abre las alas y grazna sin parar revolviendo los ojos amarillos.

—¿Ves? ¿Ves? ¡Me alegro! —dice el cocinero. Todos los hombres lo rodean, las barbas erizadas de cólera, los puños en alto.

—¡Hazlo callar! ¡Hazlo callar! ¡Trae desgracia! ¡Nos echará a los alemanes encima!

Zena el Largo apodado Gorra-de-Madera, se lame la sangre de la mano herida.

—¡Matadlo! —grita.

El Duque, con la metralleta al hombro, ha desenfundado la pistola.

—¡Yo le disssparo! ¡Yo le disssparo! —brama.

El halconcillo no da señales de tranquilizarse, al contrario, se enfurece cada vez más.

—¡Hale! ¡Hale! Mirad lo que le hago —se decide el Zurdo—. Hale, vosotros lo habéis querido.

Lo coge por el pescuezo con las dos manos y tira, sujetándolo entre las rodillas, cabeza abajo. Los hombres callan.

—Hale. Ahora estaréis contentos. Estaréis todos contentos ahora. Hale.

El halconcillo ya no se mueve, las alas mochas cuelgan abiertas, las plumas erizadas se abandonan. El Zurdo lo arroja a un matorral y Babeuf queda colgado por las alas, con la cabeza para abajo. Se estremece una vez más y muere.

—En fila. Todos en fila y adelante —dice el Primo—. Los ametralladores primero, los asistentes detrás. Al final los fusileros. En marcha.

Pin se ha quedado en un rincón. No se pone en la fila. El Trucha se vuelve y entra en la barraca. Los hombres se alejan en silencio por el camino que sube a la montaña. El último es el Zurdo con su marinera, los hombros sucios de caca de pájaro.

En la barraca la oscuridad huele a heno. La mujer y el hombre duermen, ella aquí, él allá, en rincones opuestos, envueltos en las mantas. No se mueven. Pin juraría que no van a pegar ojo hasta que llegue el día. El también se ha acostado y tiene los ojos abiertos. Quiere ver y escuchar: tampoco él pegará ojo. Esos dos ni siquiera se rascan: respiran apenas. Sin embargo están despiertos, Pin lo sabe, y poco a poco se va quedando dormido.

Cuando despierta, afuera es de día. Pin está solo en medio del heno apisonado. Poco a poco se acuerda de todo. ¡Es el día de la batalla! ¿Cómo es que no se oyen los disparos? ¡Es el día en que el comandante Trucha se va a divertir con la mujer del cocinero! Pin se levanta y sale. El día es azul como los otros, da miedo verlo tan azul, un día con cantos de pájaros, da miedo oírlos cantar.

La cocina está entre los escombros de una antigua barraca en ruinas, y Giglia dentro. Enciende un pequeño fuego debajo de una escudilla de castañas: pálida, ojerosa.

—¡Pin! ¿Quieres unas castañas? —pregunta con ese aire maternal, tan falso, como si quisiera congraciarse con él.

Pin detesta el aire maternal de las mujeres: sabe que es una trampa y que, como su hermana, no lo quieren, pero le tienen un poco de miedo. La detesta.

¿Habrá sucedido ya «la cosa»? ¿Y dónde está el Trucha? Decide preguntárselo.

—Bueno, ¿ya ocurrió? —pregunta.

—¿Qué cosa? —dice Giglia.

Pin no contesta: la mira de soslayo con una mueca de disgusto.

—Acabo de levantarme —dice Giglia, angelical.

«Ha entendido», piensa Pin, «la yegua, ha entendido.»

Sin embargo tiene la impresión de que no ha ocurrido nada serio: la expresión de la mujer es tensa, como si contuviera la respiración.

Llega el Trucha. Ha ido a lavarse, lleva alrededor del cuello una toalla de color, desteñida. Tiene cara de hombre maduro, marcada por arrugas y sombras...

—Todavía no disparan —dice.

—Joder, Trucha —exclama sorprendido Pin—, ¿se habrán dormido todos?

El Trucha no sonríe, se chupa los dientes.

—Toda la brigada dormida en las crestas, ¿te imaginas? —dice Pin—, y los alemanes que llegan aquí en puntas de pies. *Raus! Raus!* Volvemos la cabeza y ahí están.

Pin señala un punto y el Trucha se vuelve. Después le fastidia haberlo hecho y se encoge de hombros. Se sienta junto al fuego.

—Estoy enfermo —dice.

—¿Quieres unas castañas?

El Trucha escupe en las cenizas.

—Me dan ardor de estómago —dice.

—Bébete sólo el caldo.

—Me da ardor de estómago.

Después lo piensa. Dice:

—Dame.

Se lleva a los labios el borde de la escudilla sucia y bebe. Después la deja.

—Bueno. Yo como —dice Pin.

Y mete la cuchara en la papilla de castañas recalentada.

El Trucha alza los ojos y mira a Giglia. Sus párpados superiores están bordeados de pestañas largas y duras, los de abajo pelados.

—Trucha —dice la mujer.

—¿Sí?

—¿Por qué no has ido?

Pin tiene el hocico metido en la escudilla y mira desde abajo, por encima del borde.

—¿Si no he ido adónde?

—Al combate, qué pregunta.

—¿Y adónde quieres que vaya, adónde quieres que vaya si estoy aquí y ni siquiera sé por qué?

—¿Qué es lo que no marcha, Trucha?

—Qué es lo que no marcha, ¿acaso sé yo qué es lo que no marcha? Hace rato que en la brigada me quieren reventar, juegan conmigo como el gato con el ratón. Cada vez: De esto, Trucha, ya hablaremos después, ahora ten cuidado, Trucha, piénsalo, estáte atento, porque todo saldrá en la colada... ¡Al diablo! No resisto más. Si me tienen que decir algo que me lo digan. Tengo ganas de hacer alguna vez lo que me parece.

Giglia está sentada más arriba que él. Lo mira largo rato aspirando profundamente.

—Tengo ganas de hacer alguna vez lo que me parece —le dice el Trucha, con sus ojos amarillos. Le ha puesto una mano sobre una rodilla.

Se oye a Pin, que sorbe ruidosamente.

—¿Y si te juegan una mala pasada? —dice Giglia.

El Trucha se le acerca, ahora se acurruca a sus pies.

—No me importa morir —dice. Pero le tiemblan los labios, labios de muchacho enfermo—. No me importa morir. Pero antes quisiera... antes...

La cabeza echada hacia atrás, mira a Giglia desde abajo.

Pin arroja al suelo la escudilla vacía, con la cuchara dentro. ¡Tin! hace la cuchara.

El Trucha vuelve la cabeza hacia él: ahora lo mira mordiéndose los labios.

—¿Qué? —dice Pin.

El Trucha se sacude.

—No disparan —dice.

—No disparan —repite Pin.

El Trucha se levanta. Da unas vueltas, nervioso.

—Vete a buscar un poco de agua, Pin.

—Ahora voy —dice Pin y se agacha para atarse los zapatos.

—Estás pálidas, Giglia —dice el Trucha. Está de pie detrás de ella, le toca la espalda con las rodillas.

—Estaré enferma —murmura Giglia.

Pin ataca uno de esos estribillos monótonos que no terminan nunca, en crescendo:

—¡Está pálida!... ¡Está pálida!... ¡Está pálida!... ¡Está pálida!... ¡Está pálida!...

El hombre posa las manos en las mejillas de ella y le alza la cabeza:

—¿Enferma como yo?... Dime. ¿Enferma como yo...?

—Está pálida... Está pálida... —canturrea Pin.

El Trucha se vuelve hacia él, como una serpiente:

—¿Vas a buscar el agua o no?

—Espera... —dice Pin—, que me ato el otro.

Y sigue manoseando los zapatos.

—No sé cómo estás de enfermo tú... —dice Giglia—. ¿Cómo estás de enfermo?

El hombre habla en voz baja:

—Enfermo que no aguanto más, no resisto más.

Siempre desde atrás la ha cogido por los hombros y la sostiene por las axilas.

—Está pálida... Está pálida...

—¿Entonces, Pin?

—Ya voy. Hale. Ya voy. Dame la botella.

Después se detiene, como escuchando. El Trucha también se detiene, mirando el vacío.

—No disparan —dice.

—¿Ah sí? No, no disparan... —dice Pin.

Se callan.

—¡Pin!

—Voy.

Pin sale, balanceando la botella, silbando la tonada de antes. Habrá para divertirse ese día. Pin no tendrá piedad: el Trucha no le da miedo, ya no manda en nada; se ha negado a ir al combate y no manda en nada. Desde la cocina ya no se oirá el silbido. Pin calla, se detiene, vuelve atrás en puntas de pies. ¡Estarán en el suelo, uno encima del otro, mordiéndose la garganta como perros! Pin ya está en la cocina, entre los escombros. Pero siguen allí. El Trucha ha hundido las manos en el pelo de la mujer, en la nuca, y ella hace un movimiento de gata, como esquivándose. Se vuelven de pronto, al oírlo.

—¿Entonces?

—Venía a buscar la otra botella —dice Pin—. Esta ha perdido la paja.

El Trucha se pasa una mano por las sienes.

—Toma.

La mujer va a sentarse junto al saco de patatas:

—Bueno. Mondemos unas patatas, hagamos algo por lo menos.

Pone un saco en el suelo, unas patatas y dos cuchillos.

—Toma un cuchillo, Trucha, aquí están las patatas —dice.

Pin la encuentra tonta e hipócrita.

El Trucha sigue pasándose la mano por la frente:

—Todavía no disparan —dice—. Quién sabe qué estará ocurriendo.

Pin sale, ahora irá a buscar agua. Tiene que darles tiempo, si no, nunca ocurrirá nada. Junto a la fuente hay un arbusto lleno de moras. Pin empieza a comer. Las moras le gustan, pero en ese momento no le interesan, se llena de ellas la boca pero no consigue sentirles el sabor. Ya está: ya ha comido bastantes, puede regresar. Pero tal vez todavía sea demasiado pronto: mejor que antes haga sus necesidades. Se agacha entre los matorrales. Es agradable hacer fuerza y pensar al mismo tiempo en el Trucha y Giglia persiguiéndose entre los escombros de la cocina, o en los hombres que deben arrodillarse en las fosas, al atardecer, desnudos y amarillos, castañeteando los dientes, todas cosas incomprensibles y malas, con una fascinación extraña, como sus propios excrementos.

Se limpia con unas hojas. Está listo, se pone en marcha.

En la cocina todas las patatas están volcadas en el suelo. Giglia está en un rincón, del otro lado de los sacos y de la marmita, con el cuchillo en la mano. La camisa de hombre está desabotonada: ¡dentro los pechos blancos y calientes! El Trucha, del otro lado de la barrera, la amenaza con el cuchillo. Es verdad: se están persiguiendo, tal vez se hieran.

En cambio se ríen; se ríen los dos: bromean. Se ríen mal, es una broma que da pena, pero se ríen.

Pin deja la botella en el suelo:

—El agua —dice en voz alta.

Entonces sueltan los cuchillos, se acercan a beber. El Trucha toma la botella y se la pasa a Giglia. Giglia se prende a la botella y bebe; el Trucha le mira los labios.

Después dice:

—Todavía no disparan.

Se vuelve hacia Pin:

—Todavía no disparan —repite—. ¿Qué estará sucediendo?

Pin se alegra cuando le hacen una pregunta como ésa, de igual a igual.

—¿Qué estará sucediendo, Trucha? —pregunta.

El Trucha bebe a su vez del gollete, vacía la botella, no termina nunca. Se seca la boca:

—Toma, Giglia, si quieres beber más. Bebe si tienes sed, después mandamos a buscar más.

—Si queréis —dice Pin, agrio—, os traigo un cubo.

Los dos se miran y ríen. Pero Pin comprende que no se ríen de lo que él ha dicho, que es una risa de ellos, secreta, sin motivo.

—Si queréis —dice Pin— os traigo para que os deis un baño.

Los dos siguen mirándose y riendo.

—Un baño —repite el hombre y no se sabe si ríe o si da diente con diente—. Un baño, Giglia, un baño.

La ha cogido de los hombros. De pronto se le oscurece la cara y la suelta:

—Allá abajo. Mira allá abajo —dice.

En un arbusto a pocos pasos, el halconcillo tieso cuelga por las alas.

—Fuera. ¡Fuera con esa basura —dice—, no quiero volver a verla!

Lo coge de un ala y lo arroja lejos, entre los rododendros; Babeuf planea como tal vez nunca lo hizo en vida. Giglia le sujeta el brazo:

—¡No, pobre Babeuf!

—¡Fuera! —El Trucha está pálido de cólera—. ¡No quiero verlo más! ¡Ve a enterrarlo! Pin, ve a enterrarlo. ¡Coge la pala y entiérralo, Pin!

Pin mira el pájaro muerto, en medio de los rododendros: ¿y si se levantase, muerto y todo, y le picotease los ojos?

—No voy —dice.

Al Trucha le tiemblan las aletas de la nariz: apoya la mano en la pistola.

—Coge la pala y anda, Pin.

Pin levanta el halconcillo por una pata: tiene las garras curvas y duras como ganchos. Pin avanza con la pala al hombro y el halconcillo muerto, la cabeza colgante. Atraviesa los campos de rododendros, un trecho del bosque y se encuentra en los prados. En los prados que trepan en gradas por la montaña, están enterrados todos los muertos, los ojos llenos de tierra, los muertos enemigos y los muertos compañeros. Ahora el halconcillo también.

Pin camina por los prados dando extrañas vueltas. No quiere que al cavar con la pala una fosa para el pájaro, aparezca un rostro humano. No quiere pisotear siquiera a los muertos, les tiene miedo. Y sin embargo sería divertido desenterrar un muerto, un muerto desnudo, con los dientes descubiertos y los ojos vacíos.

Pin sólo ve montañas a su alrededor, valles enormes de los que no se distingue el fondo, vertientes altas y abruptas, negras de bosques, y montañas, hileras de montañas, una tras otra, hasta el infinito. Pin está solo en la tierra. Bajo la tierra, los muertos. Los otros hombres, más allá de los bosques y las cuestas, se restriegan en el suelo, machos con hembras, y se arrojan unos contra otros para matarse. El halconcillo tieso está a sus pies. En el cielo ventoso vuelan las nubes enormes sobre su cabeza. Pin cava un hoyo para el pájaro muerto. Basta un hoyo pequeño: un halconcillo no es un hombre. Pin coge al pájaro en la mano; tiene los ojos cerrados, párpados blancos y lisos, casi humanos. Si uno trata de abrirlos, se ve el ojo redondo y amarillo. Dan ganas de arrojarlo al aire vasto del valle y ver cómo abre las alas y levanta el vuelo, da una vuelta sobre su cabeza y parte hacia un punto lejano. Y como en los cuentos de hadas, él lo sigue, caminando por montes y llanuras, hasta un país encantado donde todos son buenos. En cambio Pin lo deposita en el hoyo y empuja la tierra con el dorso de la pala.

En ese momento estalla un trueno que llena el valle: disparos, ráfagas, golpes sordos agrandados por el eco: ¡la batalla! Pin ha retrocedido asustado. Fragores espantosos desgarran el aire: cerca, están cerca, no se sabe dónde. Pronto le caerán encima. Pronto desembocarán los alemanes por un recodo de las cuestas, erizados de metralletas, caerán sobre él.

—¡Trucha!

Pin echa a corrrer. Ha dejado la pala clavada en la tierra, a su alrededor el fragor de los disparos desgarra el aire.

—¡Trucha! ¡Giglia!

Ahora corre por el bosque. Metralla, ta-pum, bombas de mano, tiros de mortero: de pronto la batalla ha salido de su sueño, estallando no se sabe dónde, tal vez a pocos pasos de él, tal vez en esa curva del sendero verá el fuego convulso de la metralla y los cuerpos muertos tendidos entre los arbustos.

—¡Socorro! ¡Trucha! ¡Giglia!

Ha llegado a los lindes desnudos del campo de rododendros. A cielo abierto los disparos asustan todavía más.

—¡Trucha! ¡Giglia!

En la cocina, nadie. ¡Se han marchado! ¡Lo han dejado solo!

—¡Trucha! ¡Disparan! ¡Disparan!

Pin corre al azar por los lindes, llorando. Allá, entre los matorrales, una manta, una manta arrollada a un cuerpo humano que se mueve. Un cuerpo no: dos cuerpos, dos pares de piernas entrelazadas se asoman, se agitan.

—¡La batalla! ¡Trucha! ¡Disparan! ¡La batalla!

11

Tras infinitas horas de marcha llega la brigada al paso de la Medialuna. Sopla un frío viento nocturno que hiela el sudor en los huesos, pero los hombres están demasiado cansados para dormir y los comandantes dan orden de detenerse al amparo de un saliente de la roca, para hacer un breve alto. En la penumbra de la noche nublada el paso parece un prado cóncavo de contornos borrosos entre dos elevaciones de roca rodeadas de anillos de niebla. Del otro lado los valles y las llanuras libres, zonas nuevas no ocupadas todavía por el enemigo. Desde que partieron para el combate los hombres no han tenido descanso; sin embargo los ánimos no sufren una de esas peligrosas caídas que acompañan los largos esfuerzos: el entusiasmo de la batalla sigue acicateándolos. La batalla ha sido sangrienta y ha terminado con una retirada, pero no ha sido una batalla perdida. Los alemanes, al pasar por una quebrada, vieron las crestas atestadas de hombres vociferantes y el fuego que se levantaba desde los taludes; muchos de ellos rodaron a las cunetas de la carretera, algún camión empezó a arrojar humo y llamas como una caldera y al cabo de unos instantes no era más que un montón de hierros negros. Después llegaron los refuerzos, pero poco pudieron hacer: eliminar a algún partisano que se había rezagado en el camino a pesar de las órdenes o que había quedado aislado durante la refriega. Porque los comandantes, advertidos a tiempo de la llegada de una nueva columna motorizada, desmembraron sus fuerzas y tomaron el camino de la montaña para no verse rodeados. Desde luego, los alemanes no son de los que se dejan amilanar por un fracaso, y Ferriera decidió que la brigada abandonase la zona que podía transformarse en una trampa, y se desplazara a otros valles más fáciles de defender. La retirada en silencio y en orden dejó detrás la oscuridad de la noche remontando el camino de herradura que lleva al paso de la Medialuna, cerrado por una caravana de mulas cargadas de municiones, víveres y heridos en la batalla.

Los hombres del Trucha tiritan de frío, amparados en el repecho de piedra; se han cubierto la cabeza y los hombros con las mantas a modo de chilabas. En el destacamento ha habido un muerto: el comisario Giacinto, el estañador. Quedó tendido en un prado, bajo el fuego de una ametralladora alemana, y todos sus coloridos sueños de vagabundeos lo han abandonado junto con todos sus insectos, que ningún insecticida había conseguido extirpar. Y además ha habido un herido leve, en la mano, el Conde, uno de los cuñados calabreses.

El Trucha está con sus hombres, con su cara amarilla y la manta sobre los hombros que le hace parecer verdaderamente enfermo. Los observa uno por uno, callado, moviendo las aletas de la nariz.

De vez en cuando es como si estuviera por dar una orden, pero se calla. Los hombres todavía no le han dirigido la palabra. Si diera una orden o si un compañero le hablara, todos se sublevarían contra él, se oirían palabras violentas. Pero no es el momento: lo han entendido todos, él y los demás, como por tácito acuerdo, y continúan, él sin dar órdenes ni hacer reproches, los otros comportándose como para no suscitarlos. El destacamento marcha pues con disciplina, sin dispersarse, sin peleas por los turnos de carga; nadie diría que no tienen comandante. Y en realidad el Trucha todavía es comandante, basta una mirada suya para que los hombres marchen derecho: es un magnífico comandante el Trucha, tiene un magnífico temple de comandante.

Pin, embutido en un pasamontañas, mira al Trucha, a Giglia y al Zurdo. Tienen la cara de todos los días, sólo que demacradas por el frío y el cansancio: no está escrita en la cara de cada uno la parte interpretada en la historia de la mañana anterior. Pasan otros destacamentos; se detienen más lejos o prosiguen la marcha.

—¡Gian el Chófer! ¡Gian!

En una escuadra que hace un alto, Pin ha reconocido a su viejo amigo de la taberna: está vestido de partisano y armado hasta los dientes. Gian no entiende quién lo llama, después él también se sorprende:

—¡Oh... Pin!

Se saludan con una expansividad cautelosa, como gentes que no están acostumbradas a hacerse cumplidos. Gian el Chófer está cambiado: hace una semana que forma parte de una unidad, ya no tiene esos ojos de animal cavernícola, lagrimeantes de humo y de alcohol, como los hombres de la taberna. Parece que se dejara crecer un collar de barba. Está en el batallón del Espada.

—Cuando me presenté a la brigada, Kim quería destinarme a vuestro destacamento... —dice Gian. Pin piensa: «No sabe lo que quiere decir, tal vez aquella noche, en la taberna, el desconocido del comité hizo un informe malo sobre todos ellos».

—¡Caray, Gian, hubiéramos estado juntos! —dice Pin—, ¿por qué no te mandaron?

—Quien sabe, dijeron que total era inútil: ¡dentro de poco vuestro destacamento desaparece!

«Ahí está», piensa Pin, «éste acaba de llegar y ya sabe todo sobre nosotros.» En cambio Pin no sabe nada de la ciudad.

—¡Chófer! —dice—. ¿Qué hay de nuevo en el *carrugio*? ¿Y en la taberna?

Gian lo mira con acritud:

—¿No sabes nada? —pregunta.

—No —contesta Pin—. ¿Qué pasa? ¿La Bersagliera ha tenido un niño?

Gian escupe:

—No quiero oír hablar más de esa gente. Me avergüenzo de haber nacido entre ellos. Hacía años que no podía aguantarlos más, ni la peste a meado del *carrugio*... Y sin embargo me quedaba... Ahora que he tenido que escapar, casi agradezco al miserable que me denunció...

—¿Mishel el Francés? —pregunta Pin.

—El Francés es uno. Pero el miserable no es él.

El juega con dos barajas, en la brigada negra y con el *gap*; todavía no sabe bien de qué lado estar...

—¿Y los otros?...

—Hubo una batida. Los apresaron a todos. Acabábamos de decidirnos a formar el *gap*... Al Jirafa lo fusilaron... Los otros, a Alemania... El *carrugio* ha quedado casi vacío... Cayó una bomba de un avión cerca de la barandilla de la panadería; todos han sido evacuados o viven en el túnel... Aquí la vida es otra; me parece haber vuelto a Croacia, sólo que ahora, gracias a Dios, estoy del otro lado...

—En Croacia, Chófer, joder, ¿fue allí donde tuviste esa amante...? Dime, ¿y a mi hermana también la han evacuado?

Gian se alisa la barba incipiente:

—Tu hermana —dice— ha hecho evacuar a los otros, esa yegua.

—Despues me lo explicarás —dice Pin haciendo el payaso—, ya sabes que yo me ofendo.

—¡Estúpido! ¡Tu hermana está con las SS, y tiene vestidos de seda, y anda en coche con los oficiales! ¡Y cuando los alemanes llegaron al *carrugio* ella era la que los guiaba casa por casa, del brazo de un capitán alemán!

—¡Un capitán, Gian! ¡Joder, qué carrera!

—¿Estáis hablando de mujeres delatoras? —El que ha dicho esto es el Primo, tendiendo hacia ellos la ancha cara chata y bigotuda.

—Eso es mi hermana, una macaca —dice Pin—. Siempre fue delatora, desde pequeña. Era de esperárselo.

—Era de esperárselo —dice el Primo, y mira a lo

lejos con su expresión desconsolada, bajo el gorrito de lana.

—También de Mishel el Francés era de esperárselo —dice Gian—. Pero no es malo, Mishel, sólo que es un truhán.

—¿Y conoces a Piel, ese nuevo de la brigada negra: Piel?

—Piel —contesta Gian el Chófer— es el peor de todos.

—Era el peor —dice una voz a sus espaldas. Se vuelven: es Lobo Rojo que llega, erizado de armas y cintas de metralla capturadas a los alemanes. Lo reciben con fiestas: todos se alegran cuando vuelven a ver a Lobo Rojo.

—¿Y qué le pasó a Piel? ¿Cómo fue?

Lobo Rojo dice:

—Fue un golpe de los *gap* —y empieza a contar.

Piel a veces iba a dormir a su casa, no al cuartel. Vivía solo, en un desván de una casa popular, y allí tenía todo el arsenal de armas que conseguía, porque en el cuartel hubiese tenido que compartirlas con los camaradas. Una noche Piel va a su casa, armado como siempre. Lo sigue uno, de civil, con impermeable, las manos hundidas en los bolsillos. Piel siente la amenaza de un arma de fuego. «Mejor fingir que no pasa nada», piensa, y sigue andando. En la acera de enfrente hay otro desconocido de impermeable que camina con las manos en los bolsillos. Piel dobla y los otros doblan. «Hay que llegar en seguida a casa», piensa, «apenas llegue al portón, me meto de un salto y disparo desde detrás de la puerta para que nadie se acerque.» Pero en la acera, más allá del portón, hay otro hombre de impermeable que se le acerca. «Mejor dejarlo pasar», piensa Piel. Se detiene y los hombres de impermeable se detienen, los tres. No queda más remedio que llegar al portón cuanto antes. En el fondo de la entrada, apoyados en la barandilla de la escalera, hay otros dos de impermeable, inmóviles, las manos en los bolsillos. Piel ha entrado ya. «He caído en la trampa», piensa, «ahora me dirán: arriba las manos.» Pero es como si no lo miraran. Piel pasa delante de ellos y empieza a subir la escalera. «Si me siguen todavía», piensa, «me asomo a la caja de la escalera y disparo.» Al llegar al segundo tramo mira para abajo. Lo siguen, pero Piel está todavía al alcance de las armas invisibles en los bolsillos de los impermeables. Otro rellano; Piel mira hacia abajo, de reojo. Más abajo, por cada rampa de las escaleras sube un hombre. Piel sigue subiendo pegado a la pared, pero cualquiera que sea el lugar de la escalera donde se encuentre, hay siempre un hombre de los *gap,* una o dos o tres o cuatro rampas más abajo, subiendo pegado a las paredes, siempre en la línea de tiro. Seis pisos, siete pisos, en la medialuz del oscurecimiento la caja de la escalera parece un juego de espejos, con ese hombre de impermeable repetido en cada rampa, subiendo lentamente en espiral. «Si no me disparan antes de que llegue al altillo», piensa Piel, «estoy salvado: me atrinchero y tengo tantas armas y bombas que resistiré hasta que llegue toda la brigada negra.» Ya ha llegado al último piso, al desván. Piel sube corriendo la última rampa, abre la puerta, entra, la empuja con los hombros. «Estoy salvado», piensa. Pero del otro lado de las ventanas del desván, en los tejados, hay un hombre de impermeable que le apunta. Piel levanta las manos, la puerta se abre a sus espaldas. Desde las barandillas de los rellanos todos los hombres de impermeable le apuntan. Y uno de ellos, no se sabe quién, dispara.

Los compañeros que han hecho alto en el paso de la Medialuna rodean a Lobo Rojo y han seguido el relato sin respirar. A veces Lobo Rojo exagera un poco lo que cuenta, pero cuenta muy bien.

Entonces uno dice:

—Lobo Rojo, ¿tú cuál de ellos eras?

Lobo Rojo sonríe: se levanta la gorra con visera sobre el cráneo rapado en la prisión:

—El del tejado —dice.

Después Lobo Rojo enumera todas las armas que Piel había coleccionado en el desván: metralletas, *Sten, Machine,* granadas, pistolas de todo tipo y todo calibre. Lobo Rojo dice que hasta había un mortero.

—Mirad —dice, y muestra una pistola y granadas especiales—. Yo cogí sólo esto, los *gap* están peor que nosotros en armamento y lo necesitaban.

Pin piensa de pronto en su pistola: si Piel conocía el lugar y había ido a buscarla, estaba entre ellas; ¡y ahora le corresponde a él, Pin, no pueden quitársela!

—Lobo Rojo, oye, Lobo Rojo —dice tirándole de la casaca—. ¿Había también una P.38 entre las pistolas de Piel?

—¿Una P.38? —contesta el otro—. No, no había una P.38. Las había de todos los tipos, pero no una P.38.

Y Lobo Rojo se pone a describir la variedad y la rareza de las piezas que había juntado aquel muchacho con su manía de las armas.

—¿Estás seguro de que no había una P.38? —pregunta Pin—. ¿No se la habrá llevado alguno de los *gap*?

—No, hombre, ¿te imaginas que no iba a reconocer una P.38? Nos las repartimos entre todos.

Entonces la pistola está todavía enterrada junto a las cuevas, piensa Pin, es sólo mía, no era cierto que Piel conociera el lugar, nadie lo conoce, el lugar sólo es de Pin, un lugar mágico. Esto lo tranquiliza mucho. Suceda lo que suceda, están las cuevas de araña y la pistola enterrada.

Se acerca la mañana. A la brigada le esperan todavía muchas horas de marcha, pero los comandantes, considerando que después de salir el sol semejante desfile de hombres por caminos descubiertos revelaría en seguida su desplazamiento, deciden esperar hasta la noche para seguir andando en absoluto secreto.

Están ahora en puestos de frontera donde durante largos años los generales han fingido que preparaban una guerra y después han terminado por hacerla sin estar preparados; y las montañas están sembradas de construcciones largas y bajas destinadas a acantonamientos militares. Ferriera da a los destacamentos orden de instalarse para dormir en esas construcciones y de permanecer escondidos todo el día siguiente, hasta que esté lo bastante oscuro o brumoso como para reanudar la marcha.

Se asignan los lugares a los distintos grupos: al

destacamento del Trucha le toca una pequeña construcción de cemento, aislada, con anillas empotradas en las paredes: parecía haber sido un establo. Los hombres se tienden en la poca paja podrida que cubre el pavimento y cierran los ojos cansados y llenos de escenas de batalla.

Por la mañana es aburrido quedarse allí dentro amontonados y tener que salir de a uno para ir a mear detrás de una pared, pero por lo menos se descansa. No se puede cantar ni hacer humo para comer: en el fondo de los valles hay pueblos de espías que enfocan con sus prismáticos y aguzan los oídos. Comer se come por turno en una cocina militar con una chimenea que pasa bajo tierra y sale a distancia.

Pin no sabe qué hacer; está sentado al sol, en el vano de la puerta; se ha quitado los zapatos agujereados y los calcetines sin talones. Se mira los pies, al sol, se acaricia las llagas y se quita la suciedad de entre los dedos. Después se busca los piojos: hay que hacer batidas cada día para no terminar como Giacinto, pobre Giacinto. ¿Pero para qué sirve quitarse los piojos si después, como Giacinto, un buen día uno se muere? Tal vez Giacinto no se los quitaba porque sabía que iba a morirse. Pin está triste. La primera vez que despiojó una camisa fue con Pedroflaco, en la cárcel. Pin quisiera estar con Pedroflaco y volver a abrir el taller en el *carrugio.* Pero el *carrugio* está desierto, todos han escapado o han caído prisioneros, o se han muerto, y su hermana, esa macaca, anda con capitanes. Dentro de poco Pin se encontrará abandonado por todos en un mundo desconocido, sin saber adónde ir. Los compañeros del destacamento son una raza ambigua y distante, como los amigos de la taberna, con esa furia asesina en los ojos y esa bestialidad con que se acoplan entre los rododendros. El único con quien uno puede entenderse es el Primo, el grande, dulce y despiadado Primo, pero ahora no está; por la mañana, al despertar, Pin no lo ha encontrado: de vez en cuando sale con su metralleta y el gorrito de lana y no se sabe adónde va. Y ahora van a dispersar al destacamento. Se lo ha dicho Kim a Gian el Chófer. Los compañeros todavía no lo saben. Pin se vuelve hacia ellos, amontonados en la poca paja de la construcción de cemento.

—Joder, si no viniera yo a traeros las novedades, no sabríais siquiera que habéis nacido.

—¿Qué pasa? Suelta —dicen.

—El destacamento se dispersa —dice—. Apenas lleguemos a la nueva zona.

—¡Qué va! ¿Quién te lo ha dicho?

—Kim. Lo juro.

El Trucha no da señales de haber oído; sabe lo que eso significa.

—No cuentes patrañas, Pin; ¿y adónde nos mandan?

Empiezan las discusiones sobre las unidades a las que se asignarán los distintos hombres, y adónde preferirían ir.

—¿Pero no sabéis que van a formar un destacamento especial para cada uno? —dice Pin—. Nos nombran a todos comandantes. A Gorra-de-Madera lo nombran comandante de partisanos sentados. Seguro, una unidad de partisanos que combaten sentados. ¿Acaso no hay soldados a caballo? ¡Ahora hay partisanos en sillas de ruedas!

—Espera que termine de leer —dice Zena el Largo apodado Gorra-de-Madera, marcando la página con el dedo—, y te contesto. Estoy por descubrir quién es el asesino.

—¿El asesino del buey? —pregunta Pin.

Zena el Largo no entiende nada ni del libro ni de la conversación:

—¿Qué buey?

Pin estalla en una de sus carcajadas en *i* porque el otro ha caído en la trampa:

—¡Del buey que te vendió la jeta! ¡Jeta de buey! ¡Jeta de buey!

Gorra-de-Madera se apoya en una de sus grandes manos para incorporarse, conservando siempre el dedo entre las páginas, para atrapar a Pin; después comprende que es demasiado esfuerzo y reanuda la lectura.

Todos los hombres se ríen de las salidas de Pin y disfrutan del espectáculo: cuando Pin empieza a burlarse, no acaba hasta haber pasado revista a todos, uno por uno.

Pin ríe hasta las lágrimas, alegre y excitado: está en lo suyo, ahora, en medio de los grandes, gentes amigas y enemigas a la vez, gentes con las que puede bromear hasta desahogar el odio que les tiene. Se siente despiadado: los herirá sin misericordia.

También Giglia ríe, pero Pin sabe que lo hace sin ganas: tiene miedo. Pin le echa una ojeada de vez en cuando: ella no baja la mirada pero la sonrisa le tiembla en los labios; espera, piensa Pin, no te vas a reír mucho más.

—¡Carabinero! —dice Pin. A cada nombre que saca a relucir, los hombres ríen subrepticiamente, gustando por anticipado de lo que va a decir.

—Al Carabinero le van a dar un destacamento especial... —dice Pin.

—Servicio de orden —dice el Carabinero atajando el tiro.

—¡No, guapo, un destacamento para arrestar a los padres de familia!

Cada vez que le recuerdan la historia de los padres de desertores arrestados como rehenes, el Carabinero se encoleriza.

—¡No es verdad! ¡Yo nunca he arrestado a los padres de familia!

Pin habla con ironía compungida, venenosa; los otros le siguen la corriente:

—No te enfades, guapo, no te enfades. Un destacamento para prender a los padres de familia. Eres tan eficaz para arrestar a los padres...

El Carabinero se pone furioso, después piensa que es mejor dejarlo hablar hasta que se canse y pase a otro.

—Ahora pasemos a... —Pin echa una mirada a su alrededor, después se detiene con una de esas sonrisas en que muestra las encías y se le amontonan las pecas alrededor de los ojos. Los hombres ya han entendido de qué se trata y contienen la risa. Ante la sonrisa burlona de Pin, el Duque se queda como hipnotizado, con los bigotitos parados y las mandíbulas apretadas.

—Te arranco los cccuernos, te rompo el cccu.. —dice entre dientes.

—... Al Duque lo mandamos al destacamento de los degüellaconejos. Joder, tantos aspavientos, Duque, pero sólo te he visto matar gallinas y desollar conejos.

El Duque se lleva la mano al pistolón austríaco y parece que estuviera por dar una cornada con su gorro de Piel:

—¡Te destripppo! —grita.

Entonces el Zurdo hace un movimiento en falso. Dice:

—Y a Pin, ¿qué comandancia le damos, eh?

Pin lo mira como si lo viera por primera vez allí:

—Zurdo, has vuelto... tanto tiempo lejos de casa... Han ocurrido tantas cosas buenas mientras no estabas...

Se vuelve lentamente: el Trucha está en un rincón, serio, Giglia cerca de la puerta con su sonrisa hipócrita pegada a los labios.

—Adivina qué destacamento comandarás tú, Zurdo...

El Zurdo ríe, agrio, quiere esquivar el golpe:

—...Un destacamento de marmitas... —dice, y vuelve a reír como si hubiera dicho la cosa más divertida del mundo.

Pin menea la cabeza, serio. El Zurdo parpadea:

—...Un destacamento de halcones... —dice, y trata de reír nuevamente, pero hace un ruido extraño con la garganta.

Pin está serio, hace señas de que no.

—...Un destacamento de marina... —dice, y se le inmoviliza la boca, los ojos se le llenan de lágrimas.

Pin ha adoptado su expresión de payaso hipócrita, habla despacio, untuoso:

—Mira, tu destacamento será un destacamento casi como los otros. Sólo que podrás andar únicamente por los prados, por las calles anchas, por las llanuras cultivadas con plantas bajas...

El Zurdo vuelve a reír, primero en silencio después cada vez más fuerte: no entiende todavía adónde quiere ir a parar el chico, pero igual ríe. Los hombres están pendientes de los labios de Pin. Alguno ya ha entendido y ríe.

—Podrá andar por todas partes, salvo los bosques... salvo donde haya ramas... donde haya ramas...

—Los bosques... ja, ja, ja... las ramas —ríe forzadamente el Zurdo—, ¿y por qué?

—Se quedaría enganchado... tu destacamento... ¡el destacamento de los cornudos!

Los otros estallan en carcajadas como aullidos. El cocinero se ha levantado, agrio, la boca contraída. Las carcajadas se calman un poco. El cocinero mira a su alrededor, después vuelve a reír, los ojos hinchados, la boca torcida, con una risa forzada, vulgar, y comienza a darse manotazos en las rodillas o a señalar a Pin con el dedo, como diciendo: ha salido con una de sus ocurrencias.

—Pin... miradlo... —dice con una risa falsa—, Pin... a él le damos el destacamento de las letrinas, ése le damos.

También el Trucha se ha levantado. Da unos pasos:

—Acaba con esa historia —dice, seco—. ¿No habéis entendido que no hay que hacer ruido?

Es la primera vez que da una orden después de la batalla. Y la da valiéndose de una excusa, el ruido que no hay que hacer, en vez de decir: terminad, que esta historia no me gusta.

Los hombres lo miran torcido: ya no es el comandante.

Giglia hace oír su voz:

—Pin, ¿por qué no nos cantas en cambio una canción? Aquélla, cántala...

—El destacamento de las letrinas —grazna el Zurdo—. Con un orinal en la cabeza, os lo imagináis...

—¿Cuál quieres que cante, Giglia? —pregunta Pin—. ¿La de la otra vez?

—Silencio... —dice el Zurdo—. ¿No conocéis la orden? ¿No sabéis que estamos en zona peligrosa?

—Cántanos aquella canción —dice Giglia—, aquella que conoces tan bien... ¿Cómo es? Oilí, oilá...

—Con el orinal en la cabeza —el cocinero sigue dándose manotazos en las rodillas de la risa, y lágrimas de rabia le asoman a los ojos—. Y lavativas a modo de armas automáticas... Pin nos suelta una ráfaga de lavativas...

—Oilí, oilá, Giglia, ¿estás segura...? —dice Pin—. Nunca he sabido canciones que digan oilí, oilá no existe ninguna...

—Ráfagas de lavativas... miradlo... Pin... —grazna el cocinero.

—Oilí oilá —empieza a improvisar Pin—, ¡el marido a la guerra va, oilí oilá, la mujer en casa está!

—¡Oilín, oilán, Pin es un rufián! —dice el Zurdo tratando de dominar la voz de Pin.

Por primera vez el Trucha observa que nadie le obedece. Coge a Pin de un brazo y se lo tuerce:

—Cállate, cállate, ¿has entendido?

Pin siente el dolor pero resiste y sigue cantando:

—Oilí oilante, la mujer y el comandante, oilí oilán, qué es lo que harán.

El cocinero se encarniza en remedarlo, no lo quiere oír:

—Oilí oiluta, hermano de una puta.

El Trucha retuerce los dos brazos de Pin, siente los huesos delgados entre sus dedos; están a punto de quebrarse:

—¡Calla, bastardo, calla!

Pin tiene los ojos llenos de lágrimas, se muerde los labios:

—¡Oilín oilán, a los matorrales van, oilín oilanes, como dos canes!

El Trucha le suelta un brazo y le tapa la boca con una mano. Es un gesto tonto, peligroso: Pin le clava los dientes en un dedo, aprieta con todas sus fuerzas. El Trucha lanza un grito que desgarra el aire. Pin suelta el dedo y mira a su alrededor. Le clavan los ojos todos, los grandes, ese mundo incomprensible y enemigo: el Trucha chupándose el dedo que le sangra, el Zurdo que sigue riéndose como si temblara, Giglia lívida y los otros, todos los otros con los ojos brillantes, siguiendo la escena sin respirar.

—¡Puercos! —grita Pin, rompiendo a llorar—. ¡Cornudos! ¡Perras!

Ya no le queda sino irse. Fuera. Pin huye. No hay más que soledad para él.

El Trucha le grita:

—¡No se puede salir del campamento! ¡Vuelve! ¡Vuelve, Pin! —y está por ir a buscarlo.

Pero en la puerta se topa con dos hombres armados.

—Trucha. Te buscábamos.

El Trucha los reconoce. Son dos portaórdenes del comando de brigada.

—Te llaman Ferriera y Kim. Para que informes. Ven con nosotros.

El Trucha está impasible:

—Vamos —dice, y se cuelga al hombro la metralleta.

—Desarmado han dicho —explican los hombres.

El Trucha no pestañea, se quita la correa del hombro.

—Vamos —dice.

—La pistola también —dicen los hombres.

El Trucha se suelta el cinturón, lo deja caer al suelo.

—Vamos —dice.

Ahora está entre los dos hombres.

Se vuelve:

—A las dos nos toca hacer la comida: empezad a preparar todo. A las tres y media dos de nuestros hombres deben montar la guardia, los turnos de la noche pasada que no se cumplieron son válidos.

12

Pin está sentado en la cresta de la montaña, solo: a sus pies las rocas con su vello de arbustos descienden a pico y en el fondo de los barrancos corren ríos negros. Nubes largas suben por las vertientes y borran los pueblos dispersos y los árboles. Ha ocurrido algo irremediable: como cuando le robó la pistola al marinero, como cuando abandonó a los hombres de la taberna, como cuando escapó de la prisión. Ya no podrá volver con los hombres del destacamento, nunca más podrá combatir con ellos.

Es triste ser como él, un niño en el mundo de los grandes, siempre un niño, tratado por los grandes como algo divertido y fastidioso, y no poder hacer uso de esas cosas misteriosas y excitantes de ellos, armas y mujeres, no poder participar nunca de sus juegos. Pero un día Pin llegará a ser grande y podrá ser malo con todos, vengarse de los que no han sido buenos con él: Pin quisiera ser grande ahora mismo, o mejor, no grande, pero admirado o temido aun siendo como es, ser un niño y al mismo tiempo jefe de los grandes en alguna empresa maravillosa.

Así que ahora Pin se marchará, lejos de estos lugares ventosos y desconocidos, a su reino, el zanjón, a su lugar mágico donde hacen nido las arañas. Allí está enterrada su pistola, de nombre misterioso: pe-treinta y ocho; Pin será partisano por cuenta propia, con su pistola, sin que nadie le retuerza los brazos hasta quebrárselos casi, sin que nadie lo mande a enterrar los halcones para revolcarse entre los rododendros, el macho con la hembra. Pin hará cosas maravillosas, siempre solo, matará a un oficial, a un capitán: al capitán de su hermana perra y delatora. Entonces todos los hombres lo respetarán y querrán tenerlo al lado en la batalla: tal vez le enseñen a manejar la ametralladora. Y Giglia ya no dirá «Cántanos algo, Pin» para poder refregarse con su amante, no tendrá más amantes, Giglia, y un día le dejará tocar el pecho a él, Pin, ese pecho rosa y caliente bajo la camisa de hombre.

Pin avanza por los senderos que bajan del paso de la Medialuna, a grandes trancos: tiene por delante un largo camino. Pero entretanto se da cuenta de que el entusiasmo de sus propósitos es falso, voluntario; se da cuenta de que sabe con certeza que sus fantasías nunca se realizarán y que seguirá vagabundeando, como un chico pobre y perdido.

Pin anda todo el día. Encuentra lugares donde se podrían jugar juegos magníficos: piedras blancas para saltar por ellas y árboles retorcidos para treparse; ve ardillas en la copa de los pinos, culebras que se aplastan entre las zarzas, todos buenos blancos para arrojar piedras; pero Pin no tiene ganas de jugar y sigue caminando de prisa, con una tristeza que le nubla la garganta.

Se detiene a pedir de comer en una casa. Hay

dos viejecitos, marido y mujer, solos, solos, dueños de cabras. Los dos viejos acogen a Pin y le dan castañas y leche, y le hablan de sus hijos, todos prisioneros, lejos, después se acercan al fuego para rezar el rosario y quieren que Pin también lo haga.

Pero Pin no está acostumbrado a tratar con gente buena y se siente incómodo, y mucho menos está acostumbrado a rezar el rosario, de modo que mientras los dos viejos rumian sus oraciones, con los ojos cerrados, él baja de su silla muy despacio y escapa.

Esa noche duerme en un pajar donde se hace un hueco y por la mañana reanuda la marcha por lugares más peligrosos, infestados de alemanes. Pero Pin sabe que a veces es cómodo ser un niño, y que aunque dijera que es un partisano nadie le creería.

En cierto momento una barrera le corta el camino. Los alemanes lo observan de lejos, desde debajo de sus cascos. Pin se acerca con descaro.

—La oveja —dice—, ¿no habéis visto mi oveja?

—*Was?* —Los alemanes no entienden.

—Una oveja. O-v-e-ja. Beee... beee...

Los alemanes ríen: han comprendido. Con esas greñas y así de mal vestido, podría ser un pequeño pastor.

—He perdido una oveja —lloriquea—, pasó por aquí, seguro. ¿Dónde está? —Y pasa entre ellos y se aleja llamando—: Beee... Beee...

También de ésta se ha salvado.

El mar que ayer era un turbio fondo de nubes en las márgenes del cielo, forma una franja cada vez más oscura y ahora es un gran grito azul del otro lado de una balaustrada de colinas y de casas.

Pin ha llegado a su torrente. Es una noche con pocas ranas; renacuajos negros hacen vibrar el agua de las pozas. El sendero de los nidos de araña sube desde ese lugar, más allá del cañaveral. Es un lugar mágico, que sólo Pin conoce. Allí podrá operar extraños encantamientos, convertirse en un rey, en un dios. Sube por el sendero, con el corazón en la boca. Aquí están los nidos, pero la tierra está removida toda, se diría que ha pasado una mano arrancando los pastos, moviendo las piedras, destruyendo las cuevas, rompiendo el revoque de hojas masticadas: ¡fue Piel! Piel conocía el lugar: ¡ha estado allí con sus labios babosos temblando de ira, ha cavado la tierra con las uñas, ha metido palitos en las galerías, ha matado todas las arañas, una por una, para buscar la pistola pe-treinta y ocho! ¿Pero la encontró? Pin no reconoce el lugar: las piedras que él había puesto no están, la hierba ha sido arrancada a tirones. Debía de estar aquí, todavía se ve el hueco que él cavó, pero ahora está lleno de tierra y fragmentos de toba.

Pin llora con la cabeza entre las manos. Ya nadie le devolverá su pistola. Piel ha muerto y no la tenía en su arsenal, quién sabe dónde la metió, a quién se la dio. Era lo último que le quedaba en el mundo: ¿qué hará Pin ahora? A la banda no puede volver: les ha hecho demasiadas maldades a todos, al Zurdo, a Giglia, al Duque, a Zena el Largo apodado Gorra-de-Madera. En la taberna hubo una redada y todos han sido deportados o muertos. Sólo queda Mishel el Francés, en la brigada negra, pero Pin no quiere terminar como Piel, subir por una larga escalera a la espera de un disparo. Está solo en la Tierra, Pin.

La Negra del Carrugio Lungo se está probando una nueva bata azul cuando oye llamar. Se queda escuchando: en los tiempos que corren tiene miedo de abrir a desconocidos cuando está en su vieja casa del *carrugio*. Siguen llamando.

—¿Quién es?

—Abre, Rina, soy tu hermano, Pin.

La Negra abre y su hermano entra, cubierto de extrañas ropas, con una mata de pelo que le baja hasta los hombros, sucio, andrajoso, los zapatos destrozados, las mejillas cubiertas de una pasta de polvo y lágrimas.

—¡Pin! ¿De dónde vienes? ¿Dónde has estado todo este tiempo?

Pin se acerca casi sin mirarla, habla con voz ronca:

—No empieces a fastidiarme. Estuve donde me dio la gana. ¿Tienes algo de comer?

La Negra se hace la maternal:

—Espera que te preparo algo. Siéntate. Qué cansado has de estar, pobre Pin. Tienes suerte de encontrarme en casa. No estoy casi nunca. Ahora vivo en el hotel.

Pin ha empezado a masticar pan y un chocolate alemán con avellanas.

—Te tratan bien, veo.

—¡Pin, cuánta mala sangre me he hecho por ti! ¿Qué has hecho todo este tiempo? ¿Has andado de vagabundo, de rebelde?

—¿Y tú? —pregunta Pin.

La Negra unta con mermelada alemana de malta unas rebanadas de pan y se las pasa.

—¿Y ahora, Pin, qué quieres hacer?

—No lo sé. Déjame comer.

—Oye, Pin, tendrías que empezar a sentar cabeza. Oye, en el lugar donde trabajo necesitan chicos listos como tú y los tratan bien. No hay que trabajar: nada más que dar vueltas mañana y noche para ver qué hace la gente.

—Dime, Rina, ¿tienes algún arma?

—¿Yo?

—Sí, tú.

—Bueno, tengo una pistola. La tengo porque en estos tiempos nunca se sabe. Me la regaló uno de la brigada negra.

Pin alza los ojos y traga el último bocado:

—¿Me la muestras, Rina?

Rina se levanta:

—¿Qué manía es ésa de las pistolas? ¿No te basta haber robado la de Frick? Esta se parece mucho a la de Frick. Aquí está, mírala. Pobre Frick, lo mandaron al Atlántico.

Pin mira fascinado la pistola: ¡es una P.38, su P.38!

—¿Quién te la ha dado?

—Ya te lo dije: un miliciano de la brigada negra, un rubiales. Estaba muy resfriado. Llevaría encima, no exagero, siete pistolas diferentes. ¿Qué haces con tantas?, le pregunté. Regálame una. Pero no quería, ni aunque se lo pidiera de rodillas. Tenía la manía de las pistolas. Terminó por regalarme ésta porque era la más estropeada. Pero funciona igual. ¿Qué me das, le dije, un cañón? El me dijo: Así queda en familia. Quién sabe qué quiso decir.

Pin ni siquiera escucha: da vueltas y vueltas a su pistola entre las manos. Alza los ojos hasta su hermana apretando la pistola contra el pecho como si fuera una muñeca:

—¡Oye, Rina —dice ronco—, esta pistola es mía!

La Negra lo mira con maldad:

—¿Qué bicho te ha picado? ¿Qué, te has vuelto un rebelde?

Pin vuelca una silla al suelo:

—¡Macaca! —grita con todas sus fuerzas—. ¡Perra! ¡Delatora!

Se mete la pistola en el bolsillo y sale dando un portazo.

Afuera ya es de noche. El callejón está desierto, como cuando llegó. Las cortinas metálicas de las tiendas están cerradas. Han construido refugios contra las paredes con tablas y sacos de tierra.

Pin se encamina hacia el torrente. Le parece haber retrocedido a la noche en que robó la pistola. Ahora tiene la pistola, pero todo es igual: está solo en el mundo, cada vez más solo. Como aquella noche, una sola pregunta llena el corazón de Pin: ¿qué voy a hacer?

Pin camina llorando por las veredas que bordean las acequias. Primero llora en silencio, después estalla en sollozos. No hay nadie que se le acerque. ¿Nadie? Una gran sombra humana se perfila en un recodo.

—¡Primo!

—¡Pin!

Estos son lugares mágicos donde siempre se cumple un encantamiento. Y también la pistola es mágica, es como una varita mágica. Y el Primo es un gran mago, con su metralleta y el gorrito de lana, que ahora le pasa la mano por el pelo preguntándole:

—¿Qué haces por aquí, Pin?

—Vine a buscar mi pistola. Mira. Una pistola marinera alemana.

El Primo la mira de cerca.

—Magnífica. Una P.38. Cuídala bien.

—¿Y tú qué haces aquí, Primo?

El Primo suspira, con su aire eternamente pesaroso, como si siempre estuviera castigado.

—Voy a hacer una visita —dice.

—Estos son mis lugares —dice Pin—. Lugares mágicos. Aquí hacen nido las arañas.

—¿Las arañas hacen nido, Pin? —pregunta el Primo.

—Este es el único lugar del mundo donde hacen nido las arañas —explica Pin—. Yo soy el único que lo sabe. Después vino ese fascista de Piel y lo destruyó todo. ¿Quieres que te muestre?

—Déjame ver, Pin. Nidos de araña, vaya, vaya.

Pin lo lleva de la mano, esa gran mano suave y caliente como pan.

—Ahí están, ves, aquí estaban todas las puertas de los túneles. Ese fascista cabrón lo rompió todo. Aquí queda uno entero, ¿ves?

El Primo se acuclilla a su lado y aguza la vista en la oscuridad.

—Anda. La puertecita que se abre y se cierra. Y detrás el túnel. ¿Llega hondo?

—Muy hondo —explica Pin—. Con hierba masticada todo alrededor. La araña está en el fondo.

—Encendamos una cerilla —dice el Primo.

Y los dos agachados y juntos miran a ver qué efecto hace la luz del fósforo en la desembocadura del túnel.

—Venga, echa dentro la cerilla —dice Pin—, a ver si sale la araña.

—¿Por qué, pobre bicho? —pregunta el Primo—. ¿No ves cuántos daños han sufrido ya?

—Dime, Primo ¿crees que volverán a hacer sus nidos?

—Si las dejamos en paz creo que sí —dice el Primo.

—¿Volveremos otra vez para ver?

—Sí, Pin, pasaremos por aquí todos los meses a echar un vistazo.

Es magnífico haber encontrado al Primo, que se interesa por los nidos de araña.

—Oye, Pin.

—¿Qué quieres, Primo?

—Tengo que decirte una cosa, sabes, Pin. Sé que tú estas cosas las entiendes. Mira: hace meses y meses que no toco a una mujer... Tú sabes lo que son estas cosas, Pin. Oye, me han dicho que tu hermana...

Pin vuelve a sonreír burlón; es amigo de los grandes, él entiende esas cosas y está orgulloso de hacer este favor a los amigos cuando le da la gana:

—Joder, Primo. Llegas en el momento justo.

Te muestro la calle: ¿conoces el Carrugio Lungo? Bueno, la puerta después del deshollinador, en el entresuelo. Puedes ir tranquilo, en la calle no encontrarás a nadie. Con ella ten un poco de cuidado. No le digas quién eres, ni que te mando yo. Dile que trabajas en la Todt, que estás aquí de paso. Ah, Primo, y después hablas pestes de las mujeres. Anda, mi hermana es una morenaza que le gusta a muchos.

El Primo esboza una sonrisa con su gran cara desconsolada.

—Gracias, Pin. Eres un amigo. Voy y vuelvo.

—Joder, Primo, ¿llevas la metralleta?

El Primo se pasa un dedo por los bigotes.

—Sabes, no me animo a andar desarmado.

A Pin le da risa ver cómo estas cosas ponen incómodo al Primo.

—Coge mi pistola. Toma. Y déjame la metralleta que monto la guardia.

El Primo deja la metralleta, se guarda la pistola en el bolsillo, se quita el gorrito de lana y lo mete también en el bolsillo. Ahora trata de alisarse el pelo con los dedos mojados de saliva.

—Te pones guapo, Primo, quieres causar buena impresión. Date prisa si quieres encontrarla en casa.

—Hasta luego, Pin —dice el Primo y se aleja.

Pin se ha quedado solo en la oscuridad, junto a los nidos de araña y con la metralleta al lado, en el suelo. Pero ya no está desesperado. Ha encontrado al Primo, y el Primo es el gran amigo tan buscado, el que se interesa por los nidos de araña. Pero el Primo es como todos los mayores, con esa misteriosa necesidad de mujeres, y ahora va a casa de su hermana y se abrazan en la cama deshecha. Pensándolo bien, mucho mejor habría sido que al Primo no se le hubiese ocurrido esa idea, y que se hubieran quedado mirando juntos los nidos un rato más, y que después el Primo hubiera soltado uno de sus discursos contra las mujeres, que Pin entendía muy bien y aprobaba. En cambio el Primo es como todos los grandes, no hay nada que hacer, Pin entiende bien estas cosas.

Disparos, allá, en la ciudad vieja. ¿Quién será? Tal vez patrullas de ronda. Los disparos, al oírlos así, de noche, siempre dan miedo. Claro, ha sido una imprudencia que por una mujer el Primo haya ido solo a esos lugares de fascistas. Ahora Pin tiene miedo de que caiga en manos de una patrulla, que encuentre la casa de su hermana llena de alemanes y que lo apresen. Pero en el fondo le estaría bien empleado, a Pin le gustaría: ¿qué placer puede haber en andar con esa rana peluda que es su hermana?

Pero si al Primo lo apresaran, Pin se quedaría solo con esa metralleta que no sabe manejar. Pin espera que el Primo no haya caído preso, lo espera con todas sus fuerzas, pero no porque el Primo sea el Gran Amigo, ya no lo es, es un hombre como todos los demás, el Primo, sino porque es la última persona que le queda en el mundo.

Pero tiene todavía que esperar mucho antes de poder empezar a pensar si debe preocuparse. Una sombra se acerca, es él.

—¿Cómo has hecho tan rápido, Primo, has terminado?

El Primo sacude la cabeza con su aire desconsolado:

—Sabes, me dio asco y me marché sin hacer nada.

—¡Joder, Primo, te dio asco!

Pin está contentísimo. Es de veras el Gran Amigo, el Primo.

El Primo vuelve a colgarse la metralleta al hombro y le devuelve a Pin la pistola. Ahora van por el campo y Pin pone su mano en la mano suave y tranquila del Primo, esa gran mano de pan.

La oscuridad está punteada de pequeños resplandores: hay grandes vuelos de luciérnagas alrededor de los setos.

—Todas iguales, las mujeres, Primo... —dice Pin.

—Eh, sí... —consiente el Primo—. Pero no siempre ha sido así: mi madre...

—¿Tú te acuerdas de tu mamá? —pregunta Pin.

—Sí, murió cuando yo tenía apenas quince años —dice el Primo.

—¿Era buena?

—Sí —contesta el Primo—, era buena.

La mía también era buena —dice Pin.

—Está lleno de luciérnagas —dice el Primo.

—Cuando uno las mira de cerca —dice Pin—, las luciérnagas también son bichos asquerosos, rojizos.

—Sí —dice el Primo—, pero vistas así son bonitas.

Y siguen andando, el hombrón y el niño, en la noche, entre las luciérnagas, tomados de la mano.

Índice

CARPENTIER
Los pasos perdidos
PRIMERA MEMORIA
Ana Mª Matute
MILAN KUNDERA
La inmortalidad
Manuel Mujica Laínez
MEMORIAS DE ÁFRICA
Isak Dinesen
Duras
HIGHSMITH
Ripley en peligro
TURISTA ACCIDENTAL
Anne Tyler
MOIX
Garras de astracán
ESQUINA ROTA
Mario Benedetti
EL CLUB DE LA BUENA ESTRELLA
Amy Tan
ALBERTO MORAVIA
CAPOTE
Música para camaleones
MIGUEL DELIBES
Madera de héroe
WILT
Tom Sharpe
PATRICIA HIGHSMITH
La máscara de Ripley
ADOLFO BIOY CASARES
El lado de la sombra
GRAHAM GREENE
El agente confidencial
VERDUGO
Norman Mailer
OPUS NIGRUM
MARIO VARGAS LLOSA
Pantaleón
MIGUEL DELIBES